ボディーガード工藤兵悟❶

新装版

今野 敏

ハルキ文庫

角川春樹事務所

目次

1章　亜希子

1

いい女の定義はいろいろあるが、今、ドアを開けて入って来た女は、誰《だれ》が見てもいい女だと認めるはずだった。

化粧が派手なわけでもなく、ボディーコンシャスのワンピースを着ているわけでもない。髪もワンレングスのロングなどではなかった。

また、髪をアップにして、膝丈《ひざたけ》のシャネルスーツを着ているわけでもない。スパッツにフード付きジャケット、その下にはカットソーという、デルカジ——つまり、モデルの普段着ふうのカジュアルウエアを着ているわけでもない。

彼女の髪はどちらかというとショートの部類に入るかもしれない。前髪を中央から分けている。

その前髪が自然にサイドへ流れていく。

サイドの髪は、ちょうど耳を覆《おお》うくらいの長さだが、耳のうしろのほうへ流してあるため、耳が見えている。

その耳には、堂々と大きなイヤリングが飾られている。はっとするようなマリンブルーのイヤリングだ。

それと同じ色のシャツブラウスを着て、ジーパンを穿《は》いている。そのジーパンがぴったりとフィットしている。足には、真っ白いサンダルふうのプラットフォーム・シューズ。

飾り気はあまりないのだが、自信たっぷりのイヤリングが効果を充分に発揮している。

そして、何よりも、彼女はたいへん健康的な魅力にあふれている。

身長は一六〇センチくらいだが、流れるような美しいプロポーションをしている。

ファッションモデルのような体型ではない。ファッションモデルの体型は、洋服を掛けるハンガーに等しい。

全身、女性らしい丸味にあふれていながら、シャープな躍動感がある。その女性らしい丸味は、とくに胸と腰に著《いちじる》しい。

店にいた男たちは、美しい女は見慣れているはずだった。

その店は、六本木《ろっぽんぎ》のはずれ——飯倉片町《いいぐらかたまち》方面に寄った側にあるスタンド・バーだ。長いカウンターがあり、スツールはない。

テーブル席もないのだ。その店は、腰を据《す》えて飲むようなところではない。

男たちは、自由に店内を歩き回り、今夜の相手をハントする。女たちは、できるだけいい男を、できるだけたくさん呼び寄せようとおしゃれをする。

選ぶ権利はいい女の側《がわ》にある。

そういった類《たぐい》の店だ。

ニューヨークあたりのシングル・バーと似たようなものだが、客の年齢層が低く、とにかく高価なものを着飾っているところが違う。

バブルがはじけるまでは、もっとすごかった。

男たちは、その日のうちに女をものにするためにプレゼント用の、ティファニーの指輪をポケットに忍ばせ、表通りにはＢＭＷ、アウディ、果てはポルシェなどを駐車させていた。

女たちは、腹の突き出た中年や初老の男とどこかで食事をして、その際に甘えて見せてこづかいをせしめた。

そうして、懐《ふところ》をあたたかくして、この店にやって来たものだった。

四人いるバーテンダーは、どれもナンパなタイプで、積極的に男と女の間を取り持とうとする。

それが店の売りものになっているのだ。

その、おしゃれ自慢の男たちが、今、自分の誇りと戦わなくてはならなかった。誇りというのは良く言い過ぎかもしれない。単なる見栄《みえ》だ。

つまり、彼らは、彼女を無視することができなかったのだ。粋《いき》なかけひきは、最初の瞬間に失敗した。

男たちは、その女に注目した。

圧倒されたといってもいい。

彼女の髪はほどほどに脱色したように美しい栗色《くりいろ》だったが、それは、太陽と海が自然にもたらしたものだった。

時間をかけてじっくりと焼いた肌は、見事な光沢《こうたく》があった。

その肌にオレンジ系の明るいルージュが映《は》える。

そのルージュの間からのぞく歯と、白眼《しろめ》の部分がくっきりと白い。眼は黒々と大きく、濡《ぬ》れ光っている。

鼻は小さくまとまっており、唇の形は絶妙だった。口は小さいが、唇はぽってりと肉感的で愛らしい。

淀《よど》んだ夜の中に、いきなり、南国の潮風が吹き込んで来たような感じがした。

彼女はしばらくたたずんで店内を見回していたが、男たちの視線に気づき、毅然《きぜん》と胸を張ると、カウンターに歩み寄った。

カウンターのどこにやって来るかが、男たちの最大の関心事となった。

彼女は、堂々と、最短距離にあった位置《スペース》を選んだ。

そのときになって、店の中の男たちは、彼女が旅行用のスーツケースを持っていることに気づいた。

　信頼のシンボル、サムソナイトのスーツケース。

　カウンターに近寄ると、彼女はそのスーツケースをどんと床に置いた。

「ビールをちょうだい」

　バーテンダーが気取って言った。

「銘柄《めいがら》は何を？」

「ベック」

「はあ……？」

「なければ、シュリッツ」

「ピルスナーはいかがですか？」

「サッポロにするわ」

　男たちは、無言で主導権を握ろうとしているようだった。

　バーテンダーがちょうど小瓶《びん》のビールがいっぱいに入る、脚の高いグラスにサッポロを注《つ》いだ。

　女は喉《のど》が渇いているようだった。グラスをつかむと、ごくごくと飲み始めた。一気にグラスの半分ほどを飲んだ。

　一見乱暴そうな仕草だったが、どこか上品さがあった。気品といってもいい。

男たちは、グラスが空くまで待ってはくれなかった。

すぐそばにいた若い男が、その幸運な権利をまず行使した。彼は、気さくに話しかけた。

「あんまり見かけない顔だね。ここ、初めて?」

この店では、誰でもこうして話しかけ、話しかけられたら、笑顔で応《こた》えるものだ——彼は、全身でそう主張していた。

彼女はにこりともしないで答えた。

「ええ、初めてよ」

再びビールを飲む。

「俺《おれ》たちはよく来るんだ」

彼らは、何をどう勘違いしたのか、ダブルのスーツの中に、白い綿のTシャツを着ていた。

靴はコンビのウイングチップ。

うしろの髪の裾《すそ》を刈り上げ、前髪を中央から分けている。前髪は長い。

その男は日焼けしていたが、日焼けサロンで間に合わせに焼いたらしく、焼け方が一様ではなかった。

顎《あご》の下あたりが妙に白かったりする。

彼女はもう一度ビールを飲んだ。

「俺たち……？　みんな、お友達？」

「まあ……」

男は言った。「友達みたいなもんだ。時には協力し合い、時には張り合う」

「腕に自信は？」

「そう……。テクニックなら自信がある」

にやにやと笑った。

「あたしを助けてくれる？」

「助ける？」

「あたし、尾行を撒《ま》くために、この店に入ったの」

「しつこい男に追われてる、と……」

男は相変わらずへらへらと笑っている。「じゃあ、その男を追っぱらったら、俺と今晩つき合ってくれるか？」

「それは別問題。先のことは、あとで考える。とにかく、安全でいなければ、考えることもできないわ」

「ああ、そりゃそうだ。ところで、あんたを追ってる男って、ヤクザじゃないだろうな……」

「違うわ」

「それを聞いて安心したよ」

「何だ？　面白《おもしろ》そうな話をしてるじゃんか」

最初に話しかけてきた男のさらに向こう側にいた男が言った。「あ、俺、ヒデト。こいつの友達」

「まだ、名前、言ってなかったな」

最初に話しかけてきた男が言う。「俺は、ヨシオって呼ばれてる」

「水木亜希子《みずきあきこ》」

女は名乗った。

ふたりの男が、亜希子と話し始めたのを見て、口惜《くちお》しげにする男と、わざと無視しようとする男、そして、自分も調子よく会話の仲間に加わろうとする男の三つの反応が店内で見て取れた。

着飾った女たちは不愉快そうな顔をしている。

ドアが開いた。ひどく場違いな男が入って来た。

大柄の白人だった。

きちんとスーツを着ている。スーツは黒でネクタイも黒。金髪をぴったりとオールバックに撫《な》でつけている。

灰色の眼が禍々《まがまが》しい感じがする。

さきほど亜希子に注目したように、店内の眼がその男に注《そそ》がれる。

男は、ただひとりを見ていた。彼は亜希子だけをまっすぐ見つめているのだ。

亜希子は、バーテンダーに尋ねた。

「あそこのほかに出口は？」

バーテンダーは、答える。

「お客さん。面倒事なら、よそでやってくれ」

「出口は？」

「ない。あそこだけだ」

男は亜希子のほうに歩み寄って来る。

「何だ、あんたは？」

ヨシオが、立ちはだかった。

揉《も》めても、自分たちは複数だという強味がある。そして、彼は、亜希子に点数を稼いで見せねばならなかった。

そして、その店は、彼のテリトリーだった。

そんな簡単な理由で、軟弱な若者が、勇敢に振る舞うことができた。

しかし、ヨシオの考えは甘かった。白人の男は、そこでたじろぐかと思っていたのだ。

白人は、いきなり、ヨシオにアッパーカットを見舞った。

拳《こぶし》が顎を突き上げる。その攻撃は、あまりに唐突であり、なおかつ、死角からやって来た。

ヨシオには、何が起きたのかわからなかったに違いない。彼は、がくんと頭をのけ反らすと、そのまま後方に倒れた。

ヒデトら三人がその体を受け止めた。受け止めたというより、三人がいるところに、ヨシオが倒れ込んで来たといったほうが正確だった。

その一発でヨシオは眠ってしまった。

店の奥で女たちが悲鳴を上げた。

白人の男は、亜希子のほうをあらためて見た。亜希子の行動は素早かった。

まず、白人の顔めがけてビールのグラスを投げつけた。

白人の男はそれをかわす。瞬《まばた》きもしない。亜希子はひるまず、何かライム系のカクテルが入っていた細長いカットグラスをさらに投げつけた。

これが男の頬骨《ほおぼね》に当たった。

男は顔をそむけた。それを亜希子は待っていた。

サムソナイトのスーツケースを両手で持ち上げ、大きく一歩踏み出す。

反動をつけてスーツケースを振った。硬い角で、男の臑《すね》をしたたか打ちつけた。

この一撃は効果的だった。

臑の痛みでひるみ、なおかつ足を払われたようにバランスを崩《くず》してしまった。亜希子は、その隙《すき》に、男の脇をすり抜け、戸口へ行こうとした。重いスーツケースをかかえている。

白人男性の反応は見事だった。すぐさまバランスを立て直し、さっと手を伸ばして亜希子をつかまえようとした。

亜希子は何とか逃れようと、一瞬身をよじった。

男は亜希子の体をつかまえそこなったが、薄手のシャツブラウスをつかんでいた。

亜希子は無理やり戸口のほうへ進もうとした。布の裂ける音がした。

シャツブラウスの胸のボタンが飛び、引き裂かれたのだった。

よく日焼けした肩が剝《む》き出《だ》しになり、そこだけ真っ白な胸のふくらみが飛び出した。

ブラジャーはしていない。

豊かで形のいい真っ白な乳房。桜色の乳首。

それが見えたのは一瞬のことだった。

亜希子は、さっと片手で破られたシャツブラウスを押さえて胸を隠した。

彼女は、衣服を破られまいとするより、どんな恰好《かっこう》にされてもその場から逃げ出すことを選んでいるのだった。

その場その場で、やるべきことに即座に優先順位をつけられるのは、頭のいい証拠だった。

あるいは、何かの訓練を受けているのかもしれない。

例えば、よく訓練された優秀な兵士かそうでないかは、物事の優先順位をすぐさま見て取れるかどうかで判断される。

服を引き裂かれるのを見て、さすがに他《ほか》の若者たちも黙ってはいられなくなった。

「野郎！」

ヒデトはビールの空瓶を逆《さか》さに持って、殴りかかった。

後頭部を一撃してやろうと狙《ねら》っていた。

白人男は、さっと上体をスイングさせてそれをよけた。後ろは見ていなかった。

よけたとたんに、滑るような足さばきでターンしていた。

左、右と連続してフックを打つ。

ヒデトは、二発とも顔面に食らっていた。鼻血が噴《ふ》き出した。白人男は、流れるように、上段の回し蹴りへとつないだ。

ヒデトは、その回し蹴りを、また、もろに顔面に食らった。

今度は誰も受け止めなかった。

ヒデトは派手にひっくり返った。街中の喧嘩《けんか》では、殴られることよりも、そのあと、このように倒れるときがおそろしい。

頭を強打することがあるからだ。意識を失って倒れるときは、意識があるときには信じられないような頭の打ち方をするものだ。

人間は殴られたくらいでは滅多《めった》に死なないが、頭を強打すれば簡単に死ぬ。

ヒデトは運が良かった。彼は肩から落ちた。肩の関節は傷《いた》めたかもしれないが、それで死ぬようなことはない。

ふたりの男があっという間にやられてしまった。

しかも、ふたりとも顔面が血にまみれている。

鼻血と唇を切った血に過ぎないが、見る者にとってはおそろしいものだ。とくに、血を見慣れていない者は、顔面に血が流れているというだけでパニックを起こす。

店内の残りの男たちは震え上がった。もう誰も白人男性にかかって行こうとはしなかった。

しかし、ヨシオとヒデトは、亜希子が逃げ出すチャンスを作った。

亜希子は姿を消していた。どうやら彼女は追跡者を撒くのに成功したようだった。

白人は、服の埃《ほこり》を払い、手の中に残っていた、マリンブルーの端布《はぎれ》を捨てた。

店内をひとわたり見回すと、彼は、床に唾《つば》を吐いて戸口へ向かった。

「すげえな……」

誰かが言った。

その感想は、その場の状況をよく言い表わしていた。恐怖を感じるには、あまりに現実離れしている——その場にいた大半の者たちはそう感じていたのだった。

唯一の現実は、血を流して倒れているふたりの男だった。

「おい、救急車、呼んでやれ」

年上のバーテンダーが、となりの若いバーテンダーに言った。

「放《ほ》っときゃ気がつきますよ……」

「俺も外へ放り出して知らんぷりしていたいがな、ここで死なれちゃ、後味が悪いんだよ」

若いバーテンダーは鼻で笑った。

「死ぬだなんて……」

「ヨシオのほうは、きれいに眠らされただけだが、ヒデトのほうはちょっと危ない」

「わかりましたよ……」

飲食店は救急車を呼ぶのをいやがるものだ。だが、彼らは、後で警察の世話になるより救急車のほうがましだと考えたようだった。

今夜、この店にやって来ていた客たちは、いったい何が起こったのかさっぱりわからずにいた。

ただひとつたしかなことがあった。彼らにとって、水木亜希子と名乗った女は、災厄《さいやく》だったということだ。

男たちは、今度亜希子に会っても、二度と誘いをかける気にはならないはずだ。

2

工藤兵悟《くどうひょうご》は、ベッドに寝そべって、テレビを見ていた。

脇のテーブルには、ブッシュミルズのオン・ザ・ロックが置いてある。時折、手を伸ばして口に運ぶ。

部屋の中で唯一贅沢《ぜいたく》なものが、グラスの中のブッシュミルズだ。

グラスが載《の》っているテーブルは、ひどく古くて、表面の塗料がところどころ剝《は》げ落ちている。

工藤兵悟が見ているテレビは、画面が暗くなり、発色も悪くなった年代物だ。

ベッドは、病院の払い下げの品で、物は悪くないが、愛想がない。

冬の寒い日などは、フレームに触《さわ》るとひどく冷たい。ペンキも落ちてしまっている。

そのベッドに、米軍放出品の毛布が掛けてある。モスグリーンの毛布だ。

これも愛想のない品だが、品質は悪くない。

そして、ベッドメーキングはホテルのようにきちんとしてあった。工藤兵悟の習慣のひとつだった。彼は真っ暗闇でも三分以内にベッドを作ることができる。

その部屋の中にあるものは、古くてお払い箱寸前のものばかりだが、乱雑ではなかった。部屋の中はむしろ整った感じがする。

夜の十時を過ぎて、ニュース・ショウが始まった。工藤兵悟は熱心にテレビを見つめているわけではない。他にすることがなく、時間をつぶしているだけの話だった。

ニュース・ショウでは、『アメリカの良心』という、ある政策グループのことを特集していた。

『アメリカの良心』は、ここ一、二年、話題になることが多かった。それだけ活動的で行動力があった。

中心人物は三人だ。

ひとりはジェームズ・オリバー。四十五歳の黒人。コネチカット州選出の上院議員だ。

そして、エイブラハム・コーエン、六十五歳。彼は、米財界の大物のひとりで、あらゆる世界にコネクションを持っている。

その名が示すとおりユダヤ系だ。

もうひとりは、アレキサンダー・J・ウィリアム、七十歳。退役軍人だ。海軍を退役したときは将軍だった。一般に、提督《ていとく》と呼ばれている。

エイブラハム・コーエンとアレキサンダー・J・ウィリアム——このふたりが、『アメリカの良心』を、単なるシンクタンクや圧力団体とは違ったものにしている。

彼らは発言力を持っている。

そして、彼らは、正義を行なうことにいささかのためらいも見せない。

何が正義かという哲学的な命題は、彼らにとってさほど問題ではない。正義というのは、複雑なものではないと彼らは考えていた。

そして、アメリカ合衆国の市民は、何が正義であるかをよく知っていると、彼らは信じているのだった。

この三人を中心に、ロビイストとスタッフが集まり、『アメリカの良心』を運営していた。

もともとは、ジェームズ・オリバーの私設の委員会だが、その分析能力や問題解決の手腕は、設立当初から広い層に評価されていた。

当初、運営資金は、オリバーのポケット・マネーだった。ボランティアの職員が事務的な処理を行ない、事務局は、オリバーの事務所内に置かれていた。

その後、あるパーティーで、オリバーはエイブラハム・コーエンと会った。

コーエンは、正義と良心がアメリカから失われていくことを嘆き、オリバーの行動力に興味を持っていると語った。

ふたりは意気投合した。そして、コーエンがオリバーにアレキサンダー・J・ウィリアムを紹介した。

日本では、政治家は、政界と財界に顔が利けば事足りるが、アメリカでは、軍の存在を無視することはできない。

アレキサンダー・J・ウィリアムは、軍に広い人脈を持っていた。

オリバーは、軍OBなどという人種を、自分と相容《あいい》れぬものと考えていた。

彼はリベラリストであり、民族主義、あるいは権威主義の臭《にお》いがぷんぷんする軍のOBなどと、話が合うはずがないと思っていたのだ。

だが、オリバーはウィリアムと会ってすぐにその考えを捨てた。ウィリアムは、志《こころざし》の高い人間であり、その素顔は孫を愛する素朴な老人だった。

軍には、このアレキサンダー・J・ウィリアム提督を慕《した》っている者が、今でも大勢いるのだった。

実際、エイブラハム・コーエンとアレキサンダー・J・ウィリアムのおかげで『アメリカの良心』は、大統領も無視できない存在になりつつあるのだった。

工藤兵悟は、冷めた眼でテレビを眺めていた。

氷が融《と》けて薄くなったウイスキーを飲み干《ほ》す。もう一杯、オン・ザ・ロックを作ろうと、ベッドから起き上がった。

そのとき、ドアをノックする音がした。

「はい……」

工藤は低く唸《うな》るような声で言った。

「あんたに客だ」

ドアの向こうから、そういう声が聞こえて来る。かすかにモダンジャズが流れて来た。

工藤兵悟は錠を外してドアを開けた。黒の蝶《ボー》タイをした初老の男が立っていた。

黒のベストに、黒の蝶タイをした初老の男が立っていた。

工藤は、その男の眼に不自然な緊張がないかどうか、あるいは、何か特別な合図を送って来たりしないか、観察した。

物騒な客ではなく、本当の訪問者のようだった。

初老の男は、廊下にいる客を呼び寄せた。

客は女だった。

工藤が初めて見る女だ。やや長めのショートカット。健康そうに日焼けして、コケティッシュで愛くるしい眼をしている。

彼女はスーツケースを手にしていた。

黒いベストに蝶タイの初老の男は、何も言わず、その場から去って行った。

「俺を訪ねて来たと言ったな?」

「ええ……」

「誰かの紹介かね?」

「エド・ヴァヘニアン」

発音がアメリカふうだった。

工藤は尋ねた。

「ヴァヘニアン? どこで会った?」

「マイアミ」

「どういう仲だ?」

「あたしは、エド・ヴァヘニアンに、指導されたことがあるの」

工藤は相手の眼を見つめた。

魅力的だから見つめていたわけではない。嘘《うそ》をついたり、隠し事をしたりするために生じる緊張の色を発見しようとしていたのだ。

相手の女性はまっすぐ見返してくる。

工藤は言った。

「それで……?」

「仕事をお願いしたいの」

「ボディーガードか?」

「そう」

工藤は、また相手を観察する。

やがて、うなずいた。

「入ってくれ」

工藤は場所を空けた。「名前は？」

「水木亜希子」

亜希子は慎重に部屋に足を踏み入れた。破られたシャツは白いTシャツに着替えていた。

工藤は、いきなり、亜希子に向かってフックを飛ばした。

唐突な攻撃だった。

亜希子は、スーツケースで咄嗟《とっさ》にそのフックを受けた。そして、そのスーツケースを、工藤の足の甲《こう》めがけて落とした。

工藤は辛《かろ》うじてそれをよけた。

足の甲は急所だ。スーツケースを叩《たた》きつけられたら、その瞬間に動けなくなってしまう。

亜希子は、鋭い眼で工藤を睨《にら》んでいる。もう一撃するチャンスを狙っている。逃げるためには、相手をひるませる必要がある。

工藤は、慎重に両方の掌《てのひら》を開いて亜希子に向けた。

「エド・ヴァヘニアンの指導を受けたというのは本当のようだな」

った。

亜希子は何も言わない。まだ、緊張を解いていない。

工藤は両方の掌を亜希子に向け、もう攻撃の意志がないことを充分にわからせてから言った。

「すまない。ちょっと試《ため》させてもらったんだ……」

亜希子は、まだ一撃するつもりでいるような感じだった。彼女は言った。

「それで、試した結果は?」

「上出来だと思う。なぜ、あんたのような人がボディーガードを必要とするのかわからない」

亜希子は、ようやく緊張を解いた。

「エド・ヴァヘニアンは、あなたが頼りになる男だと言ったわ」

「仕事はできるつもりでいる。エド・ヴァヘニアンは戦闘インストラクターをやっているはずだ。あんたは何で彼になんか習う羽目になったんだね?」

「彼は、正確には戦闘インストラクターではなくて、サバイバル・インストラクターなの」

「どう違うんだ?」

「戦闘インストラクターは、殺すことを教え、サバイバル・インストラクターは、生きることを教えるの」

「俺には同じことのように思えるがな……」

「戦場にいる人にとってはそうでしょうね。私は『グリーン・アーク』の本部に勤務していたの。『グリーン・アーク』はご存じ?」

「知っている。世界的な環境保護団体だ」

「あたしたちのスタッフは、環境破壊の実態を知るために、いろいろな場所へフィールドワークに出かけるの。そのために、サバイバルの技術も必要になってくるわけ。安全な場所ばかりとは限らないから……。アマゾンのジャングルに行くこともあれば、カンボジアやアフガニスタンにも出かけなければならないことだってあるの」

「けっこう狂信的だという評判だが……」

「そう……。問題はその点なの」

彼女は急に話題を変えた。「ここに住んでいるの?」

「そう」

「変わった住処《すみか》ね……」

「俺はそうは思っていないが……」

「でも、バーが玄関代わりだなんて……」

「飲み物に不自由しない。理想的な暮らしだ」

亜希子を案内して来たのは、バーテンダーだった。

工藤は、あるバーの奥にある個室に住み込んでいるのだった。この店の用心棒という名目だったが、彼がこの部屋へやって来てから、店で揉め事はひとつもない。

バーの名前は、『ミスティー』。バーテンダーがひとりだけの小さな店だ。乃木坂《のぎざか》のビルの一階にあり、ひっそりとしたたたずまいのバーで、一見《いちげん》の客はあまり入って来ない。

バーテンダーの名前は黒崎猛《くろさきたけし》——通称はクロさんだった。

彼は、店の雰囲気と同じで、ひっそりとしたタイプの男だ。人のことはけっして詮索《せんさく》しない、バーテンダー向きの男だ。

その代わり、彼は自分の私事や過去についても、けっして人にしゃべりたがらないのだった。

工藤はボディーガードを生業《なりわい》としていた。ほとんど、その日暮らしといった生活だ。ボディーガードなどの需要自体は少なくはないのだが、たいてい、大手の警備保障会社が独占してしまう。

たいていの警備保障会社には警察OBがいて、その筋《すじ》には多少無理も利くのだ。手荒なことになっても、揉み消すくらいのことはできるというわけだ。

工藤は一匹狼《おおかみ》だからそうもいかない。

だが、一度仕事をすると依頼主からは信頼される。腕は立つし、危機を脱出するためのさまざまな手段に通じている。

それらの技術は、工藤が命懸《いのちが》けで修得したものだ。彼は、傭兵《ようへい》として本物の戦場で戦った経験があるのだ。

彼は、学生時代に空手をやっていた。一八〇センチ、七五キロの恵まれた体格を活《い》かし、そこそこの活躍をした。

彼は、空手を活かして海外で生活しようと、同じ流派の先輩を頼ってヨーロッパへ渡った。

しかし、いつの間にか、彼は、フランスの外人部隊に入っていた。

PKOが問題になって久しいが、フランス外人部隊には四十人ほどの日本人がいる。彼らは、実際に戦場で銃を手にするのだ。

フランス外人部隊は一八三一年、ルイ・フィリップ国王の命によって生まれた。現在は、八千五百人の兵員で構成されている。

工藤がいたのは、第二落下傘連隊だった。コルシカ島カルヴィに駐屯するこの連隊は、命令が発せられてから二十四時間以内に出撃できる緊急展開部隊だ。

局地的な紛争が起こると、まっ先に派兵されるのがこの部隊だ。

工藤は、何度かアフリカの紛争地にパラシュート降下したことがあった。

その後、彼はフランス外人部隊を離れ、フリーランスの傭兵となり、コンゴ、チャド、ユーゴなどで戦った。

日本の傭兵は、格闘術にすぐれた者が多い。武術の素養を持つ者が傭兵になる場合が多いからだ。

工藤もそのひとりだった。工藤の格闘術はインストラクターも舌を巻くほどの上達ぶりを見せた。

エド・ヴァヘニアンとは、コンゴで知り合った。ヴァヘニアンは無口な男で、工藤も同様だった。

互いに面白くないやつだと思っていた。しかし、ある日、工藤の分隊が孤立したとき、ヴァヘニアンたちが、猛然と救援に突っ込んで来たのだ。

無謀とも思えるやり口だったが、おかげで工藤は生き延びることができた。

そのときのヴァヘニアンの、アーマライト小銃をフルオートで撃ちまくる姿は、工藤にとって永遠に忘れられないものになった。

「依頼の内容を聞こうか?」

「三日後に、アメリカから客がやって来るの。あたしは、その客に、ある物を渡さなければならない。それまで、あたしを守ってほしいの」

「三日後……」

「報酬は一日当たり三千ドルでどうかしら?」

工藤は、亜希子が『グリーン・アーク』の本部で働いていたということを納得した。少なくとも、ごく最近までアメリカで暮らしていたようだ。

言葉などはすぐに馴染《なじ》むだろうが、貨幣の感覚というのはなかなかものにできない。アメリカに長く住んでいた人は、どうしてもドルで考えてしまうのだ。

「額としては申し分ないが、米ドルではなく円でもらうことにしている。一日三十万プラス必要経費」

「わかったわ。こちらの申し出より割安の見積もりね」

「どうかな？　日本の物価を考えていないんじゃないか？　必要経費が意外にかさむ」

「いずれにしろ、金額よりも安全が問題なの」

「三日後のために、ドレスを用意しておくんだな……」

「今すぐ仕事にかかってくれる？」

「そうしよう」

「あたしは、今日、日本にやって来たばかりなの。ホテルを取って休みたいわ」

「ホテルの希望はあるかね？」

「とくには……。どんなところでもいいわ」

「なるべく近いところがいいだろう」

工藤は電話帳で、六本木と溜池《ためいけ》の間にあるホテルの電話番号を調べた。電話で予約を入れる。

「バーで待っていてくれ。車を店の前まで持って来る」

亜希子はうなずいて、スーツケースを持ち上げようとした。

工藤が言う。

「それは俺が車まで運ぶ。サービスだ」

「お願いするわ」

亜希子がドアを開けようとした。

とたんに、ドアは勢いよく開いて亜希子を弾《はじ》き飛ばしそうになった。

そこには先ほど、飯倉のバーで亜希子を捉《とら》えそこなった白人が立っていた。

亜希子は、悲鳴を上げたが、パニックを起こしたりはしなかった。彼女は、男から逃れるように、さっと戸口を離れた。

代わって、滑るように工藤が前に出る。

問答無用で白人に殴りかかった。

ショートのジャブから、右のロングフック。

白人男はスウェイバックでそれをかわす。だが、工藤が狙っていたのは、顔面ではなかった。

工藤は、まっすぐに下段蹴りを出した。土踏まずで相手の膝をとらえ、踏みつけるように一気に蹴り下ろす。

不気味な音が響いた。

白人は悲鳴を上げた。

膝関節を正面から蹴られた痛みに耐えられる者はいない。

白人男は、たまらずに床に転がり、もがいた。苦痛に呻《うめ》いている。

工藤は狙いすまして、後頭部を蹴った。サッカーボールを蹴るような要領だった。

白人は動かなくなった。

頭を蹴るのはたいへんに危険な行為だ。だが、工藤は相手が死んでもいいと思っていた。部屋に侵入して乱暴をはたらこうとする相手に、情《なさけ》をかける必要はない。そんなことをしていたら、自分の命があぶないのだ。

それが体で覚えた世界の常識だった。

工藤はスーツケースをつかんだ。

「急ごう。ここを出たほうがいい」

工藤は空いているほうの手で、亜希子の手を取った。

短い廊下の向こうに木製のドアがある。その向こうが『ミスティー』の店内だ。

そのドアを開けたとたん、工藤は立ち止まらねばならなかった。

『ミスティー』の店内には、明らかに客と違うふたりの白人男性が立っていた。

3

黒崎は、カウンターの中で、おとなしくしていた。彼は工藤のほうを見た。まったく動じた様子はない。妙に度胸が据わった男なのだ。

ふたりの白人は、工藤と亜希子を代わるがわる眺めた。

何も言わない。

ひとりは赤毛に青い眼、ひとりは茶色い髪に茶色の眼をしている。

自分たちの目的を説明する必要などないと心得ている態度だ。

工藤は、言っただけのことはやらなければならないと考えていた。相手がふたりというのは分《ぶ》が悪いが、何とかやれないことはないと思った。

だが、工藤が動こうとしたとき、赤毛の右手がさっと動いた。

スーツの裾《すそ》を撥《は》ね上げ、ヒップホルスターから拳銃《けんじゅう》を抜き出したのだ。九ミリのオートマチックだった。

ベレッタM92F。米軍の制式銃となったことで一躍有名になった拳銃だ。

「動くな《フリーズ》」

赤毛の男が言った。

言われるまでもなく、工藤は動けなくなった。銃を向けられて、それでも素手で相手に立ち向かおうとするのは、勇敢な行為でも何でもない。

ただの愚行だ。万にひとつも勝ち目はないのだ。

銃というのはおそろしい。

例えば、相手の銃を叩き落とそうとしたとする。銃口はたしかに急所から逸《そ》れるかもしれない。

だが、そのとき、相手が引き金を引けば、弾は、こちらの腿《もも》に当たるかもしれない。悪くすれば膝を砕《くだ》かれる。

そればかりか、爪先《つまさき》に命中しただけでも痛みとショックで動けなくなるのだ。

銃を持った相手と戦うには、訓練が必要だ。訓練に加えて運も必要だ。

たしかに工藤は充分に訓練を積んでいた。だが、今夜、運があるかどうかはわからない。

そして、相手はひとりではない。

茶色の髪の男が銃を持っていないという保証は何もない。

赤毛の男は米語で言った。

「こっちへ来るんだ。荷物を持って」

亜希子に言ったのだった。

「どうすればいいの？　あたしはあなたの指示に従うわ」

彼女は、そっと工藤に言った。これも米語だった。

彼女は、男たちを刺激しないほうがいいと判断したのかもしれない。理解できない異国の言葉で密談されると、それだけで腹が立つものだ。

あるいは、単純に、米語を聞いて、米語で反応してしまったのかもしれない。長く異国で暮らしていると、こういうことが起こる。

工藤も英語で答えていた。

「彼の言うとおりにするんだ」

彼は米語ではなく英国の英語《クイーンズ・イングリッシュ》を話す。

亜希子は、一瞬、不信の表情で工藤を見た。工藤は確認するようにうなずいただけだった。

亜希子は工藤の手からスーツケースを受け取ると、眼を赤毛の男に向け、ゆっくりと歩き出した。

まるで、花嫁がバージンロードを歩くような足取りだ、と工藤は思っていた。

彼らの目的は亜希子を連れ去ることだ。だが、奥に倒れている仲間のことはどうするだろう――工藤は考えていた。

そして、茶色の髪の男は銃を持っているのだろうか？

このふたりの腕はどれくらいたしかなのか。ふたりとも外国人だが、ここから出たあと、どうするつもりか？

工藤は頭の中がショートしてしまうくらいに、目まぐるしく思考を回転させた。

赤毛が、銃を構え、工藤をじっと見つめたまま、相棒に手で合図した。

茶色の髪の男は亜希子からスーツケースを取り上げようとした。

このふたりは、奥の部屋に倒れている仲間のことはもはや気にしていないようだ。目的は、亜希子を連れ去ることだけなのだ。

連れ去られた人間を救出するのはたいへんに難しい。たいていのボディーガードは、こちらのフィールドで戦うことが可能だ。しかし、救出となると、敵陣に乗り込まなければならないのだ。

これは危険の度合いが十倍近くにはね上がる。救出作戦というのは、単独ではほぼ不可能なのだ。

それは、組織力のある警察や軍隊の領分となり、もはやフリーランスのボディーガードの出る幕ではない。亜希子を連れ去られてしまえば、それで終わりなのだ。

工藤はそのことをよく知っていた。

戦場で、強襲をよろこんでやるような連中も、救出作戦には尻《しり》ごみするのだ。

だが、チャンスがなければ何もできない。

銃を持った男が、もっと近づいて来れば、何とかできるかもしれなかった。こちらの手が、相手の銃に届くくらいの距離になれば……。

ふところに飛び込むことができれば、勝機もある。

しかしながら、相手も間抜けではない。工藤の手の届くような場所に居るはずがないのだ。

赤毛の男は、二歩進まなければ届かない場所に立っている。距離は約三メートル。

突然、すさまじい音がした。

カウンターの裏側だった。

店内はBGMのモダンジャズ以外、ほとんど何も音がしていなかったので、その突然の物音は、ひどく大きく響いた。

赤毛の男は、反射的にそちらを見た。

そして、彼は、おそらく、訓練どおりに、視線の方向に銃口を向けた。

工藤の体が自然に動いた。

一歩進む。

赤毛の男は、あわてて銃口を工藤に戻した。

そのとき、すでに工藤は二歩目を踏み出している。

銃を持つ手を上方から斜め下方に払う。相手の右側に立つ形になる。外側からさばいているのだ。

銃を持つ人間は、内側に対しては反応しやすいが、外側に向ける動きには対処しにくいものだ。

さばくと同時に、脇の下から右アッパーを突き上げた。

この攻撃は、相手にすれば完全に死角から来る感じになる。脇をすり抜け、自分の胸元をまっすぐ突き上げて来るアッパーはよけられない。

工藤のパンチは相手の体にぴたりと沿って突き上げられていた。

体から離れた形で飛んで来るパンチやキックは、受けたりよけたりしやすいが自分の体に沿って入って来る攻撃ほどさばきにくいのだ。

工藤のアッパーは、赤毛の顎を突き上げた。

それを見た茶色の髪の男は、さきほど赤毛がやったのとまったく同じ恰好で背広の裾を撥ね上げた。

さっと右手を腰の後ろへ持っていき、それが再び現われたときには、拳銃が握られているはずだった。

しかし、彼が銃を構える前に、亜希子が体当たりした。

軽く柔らかい女の体でも、体当たりは確実な威力を約束してくれる。

茶色の髪の男はバランスを崩してたたらを踏む。

その間に、工藤は赤毛を倒していた。

アッパーカットを食らってのけ反った赤毛の髪をつかみ、後方に引き倒す。その後頭部に力の限り膝を叩き込んだのだ。

その一撃で眠った。

後頭部への膝蹴りは、相手を殺してもいい場合にだけ使うことを許される。

赤毛を突き飛ばしておいて、亜希子の体当たりを食らってよろけた茶色の髪の男に、するすると近づく。

無造作に近づくのではない。左手を触角のように使い、常に相手の動きに対処できるように用心しながら、しかもすみやかに近づくのだ。

茶色の髪の男が、体勢を立て直そうとした。両手で銃を構えようとする。

相手が両手でしっかりと銃を構えてしまったら、工藤はそれだけ不利になる。銃を持つ手をさばくことがそれだけ難しくなるからだ。

ぎりぎりのタイミングだった。

工藤は、茶色の髪の男が、グリップに左手を持っていく直前に、相手に手を触れることができた。

今度は、赤毛のときと逆に、相手の懐にインファイトする。

相手にとっては、本来はこのほうがいやなのだ。だから、内側に入るほうが実戦的といえる。

外側からさばかれると、相手の姿は死角に入ることになるが、それだけ威圧感も感じないわけだ。

内側に入られると、驚き、度を失うものだ。

ファイターも、名手になるほどインファイトして、外側からでなく内側から崩すようになる。

懐に入ると同時に掌底《しょうてい》で顎を突き上げる。そのとき、指先が顔面に触れていたので、反射的に人差し指と薬指の先を両眼に突っ込んでいた。

相手の眼をつぶすほど強くはないが、ひどいショックを感じ、一時的に無力になる。

相手は悲鳴を上げ、そのショックで、銃の引き金を引いてしまった。

銃声が轟《とどろ》き、カウンターの下に着弾した。

工藤は腹を立てた。

痛みに度を失って発砲してしまうような男は、けっして仲間にはしたくなかった。

工藤は相手の右手を逆手《さかて》に取って背負った。それだけで肘《ひじ》と肩に激痛が走るのだ。

相手は銃を取り落とした。

しかし、工藤に相手を許す気はなかった。そのまま肩を外《はず》してしまった。

茶色の髪の男は、恥も外聞もなく悲鳴を上げた。

さらに、そこから工藤は相手を背負って投げた。相手を床に叩きつけると同時に、自分も倒れ込んで、肘を相手の脇腹に叩き込んでいた。

肋《あばら》が折れたはずだ。

相手は苦しげに喘《あえ》いだ。これだけやられても、頭を攻撃しない限り、相手は眠ってくれないものだ。

肩を外され、肋を折られ、すでに相手は無力化しているが、工藤は意識がある限り、容赦なく攻めた。

起き上がるなり、やはり、サッカーボールを蹴るように、相手の頭を後頭部から蹴ったのだ。

茶色の髪の男は眠った。

カウンターの向こう側に首を引っ込めていたバーテンダーの黒崎が顔を見せた。

工藤はその黒崎に言った。

「いいアシストだった……」

黒崎は何も言わない。

あのものすごい音は黒崎のせいだった。彼が、足元に並べてあったビールの空き瓶を思いきり蹴飛ばしたのだ。

「仕事だ」

工藤は黒崎に続けて言う。「このお嬢さんを三日間、ボディーガードする。これから、ホテルに送って行く」

「こいつらはどうする気だ。俺に押しつけて行くのか？」

　黒崎が言った。

「好きに料理してくれていい。拷問でもしてみると、面白い話が聞けるかもしれない」

「興味ないな」

「じつは俺もだ」

「じゃ、順当に警察を呼ぶか」

「まかせる」

　工藤はスーツケースを持ち上げた。

　ふと床に落ちている二挺《ちょう》の拳銃を見た。スーツケースを降ろしてその二挺を拾い上げる。

「だめだよ。そいつは俺によこせ」

　黒崎が言った。「警察が来たとき、こいつらが、銃を失くしたと言い出したらまずいことになる。それに、カウンターの下に弾痕《だんこん》がひとつあるんだ」

　工藤はうなずき、二挺のベレッタ九ミリ・オートをカウンターの上に並べて置いた。

　再びスーツケースを持ち上げ、工藤は言った。

「車まで少し歩くことになるが……」

「かまわないわ」

　亜希子は答えた。

彼女が店を出るとき、何か言おうと、黒崎のほうを見た。

しかし、すでに黒崎は、亜希子への関心も今の出来事への興味も失ってしまっているようだった。

彼は好奇心とは無縁の男のように見える。あるいは、何かの折に、好奇心と決別してしまったのかもしれない。

好奇心というのは人生における新しい未来を約束してくれるのだ。

檜町《ひのきちょう》小学校の脇に月極《つきぎめ》駐車場があり、そこに工藤は三菱パジェロを駐《と》めてあった。

このあたりは、安くても月に六万から八万円の駐車場代を取られる。工藤はその日暮らしではあるが、一度仕事をすればかなりまとまった金を手にできる。

危険手当て、および違法手当てといったものが含まれた金額だ。そういうときに、駐車場代などはまとめて支払ってしまう。

パジェロも大金をものにしたときに現金で買ったものだ。

金が払えなくなったら、何もかも手離してしまえばいい——工藤はそういう考え方をしている。

後部ハッチを開けてスーツケースを積む。後ろのドアを開けて客を乗せようとしたが、亜希子は助手席でいいと言った。

車を出すと、亜希子は前を見たまま工藤に言った。

「エドが言ったことがようやく理解できたわ」

「え……?」

「日本に行ったらヒョウゴ・クドウを訪ねろ、警察など当てにならん――エドはこう言ったの」

「エドはいいプロモーターだ。フィーを払わなくちゃならん」

「あたしは、生まれたのは日本だし、日本の習慣で育ったつもりよ。だから、日本はいかにちゃんと管理された社会かを知っている。警察国家と言っても言い過ぎじゃないわ。エドはそれを知らないから、あんなことを言ったのだと思っていたわ」

「警察は、弱い者を支配するのはうまい」

「でも、強い者に対しては……」

「無力だ。古今東西、ヤクザやギャング、マフィアといった強い犯罪組織を根絶《ねだ》やしにした警察は存在しない」

「そういうものを根絶やしにできるほど強力な警察というのは、むしろ危険だという気はしない?」

「ナチス・ドイツのような国家しか想定できない」

「エドが言ったことは間違ってはいなかったわ。あたしを追っているような連中にとっておそらく、法は無力だわ」

「そのようだな……」

「何も訊《き》かないの?」

「訊かない」

「なぜ?」

「今はまだ訊く必要がないし、俺が知りたいことすべて、あんたが話してくれるわけではないだろう。当面、必要なことは、すでにわかった」

「例えば……」

「あの三人はただのチンピラじゃない」

「ちゃんとネクタイをしていたから?」

「そう。それもあるな……。その点は考えに入れていなかった。ディスカッションというのもたまには有効だ」

「たしかにチンピラじゃないわ」

「かといって、ギャングの大物でもない。ギャングが雇《やと》う殺し屋でもない」

「どうして、そう思うの?」

「彼らは訓練されている。動きでわかる。俺も同じような訓練を受けたことがあるからわかるんだ」

「なるほど……」

「ある出来事に対する反応が似ている。これは、同じマニュアルで訓練された証拠だ。彼らにとって、そのマニュアルが裏目に出た」

「どういうこと？」

「彼らは、例えば、暗闇や遮蔽物《しゃへいぶつ》の多い場所に敵が潜《ひそ》んでいるような場合、音がしたら必ず眼だけでなく銃口も向けるように訓練される。赤毛の体には、その訓練が染《し》みついていた」

亜希子は、先ほどのことを思い出しているようだった。

彼女は、恐怖と同時に興奮も感じているのだ。

「そして、彼らは、ただひとつのマニュアルを学んだわけではない。少なくとも二系統の訓練を受けている。あの銃の抜き方。あれは特徴がある」

亜希子は、無言で工藤の横顔を見つめた。

工藤が続けた。

「彼らは、基本的には兵士の訓練を受けている。しかし、そればかりではなく、市街地での訓練も受けている」

「そんなことまでわかるの？」

「わかる。あの銃の抜き方は、ＦＢＩで考案されたコンバット・シューティングだ。そして、その二系統の訓練を受ける者は限られている。まず、アメリカの警察、そしてもうひとつは、諜報《ちようほう》機関——」

亜希子は、言葉を忘れたように工藤を見つめている。

「警察であることは考えられないから、彼らはアメリカの正式な諜報機関の人間だ」

亜希子は、さっと肩をすぼめた。彼女はあっさりと言ってのけた。

「CIAよ」

「やはりな……」

「この仕事、降りたくなった?」

「ああ、すっかりおじけづいちまった。だが、残念なことに、俺は仕事を途中で放り出せない性格なんだ」

「知ってる。エドがそう言ってたわ」

2章　環境保護

1

ホテルにはスイート・ルームをひとつ予約してあった。

シングルをふたつ取るよりも、警備はずっとやりやすい。

敵が侵入して来ても対処しやすい。

シングルをふたつ取った場合、亜希子の部屋で異変が起きても、工藤が気づくのに時間がかかる。

それに、ホテルはオートロックなので、中に入るのにさらに時間がかかることになるのだ。

亜希子は、そのことに何も文句は言わなかった。

彼女は、自分の身が危険にさらされていることを充分に理解しているのだ。

さらに、彼女は、フィールドワークに慣れているので、ことさらに自分が女性であることを主張しようとはしないのだ。

リビング・ルームにソファーセットが置いてあった。

出入口とは別のところにドアがあり、そこがベッドルームに通じている。

工藤は、部屋の中を調べた。電話の裏、ベッドの下、絵の額の裏まで調べる。

その姿を見て、亜希子が吹き出した。

「ここに来ることは、誰《だれ》も知らないはずよ」

それは工藤にもわかっていた。

「気にしないでくれ、習慣なんだ」

相手が相手だけに、どんなに用心しても用心し過ぎるということはなかった。

CIAを敵に回したりしたら、何が起こっても不思議はないのだ。

冷戦時代を通して、CIAはその悪名を世界に鳴り響かせた。

キューバ危機、パナマ動乱、イラン・コントラ事件、アフガン戦争、イラン・イラク戦争等々、紛争の陰には必ずCIAの影があったといわれている。

何といってもCIAが大活躍をしたのは、ベトナム戦争においてだった。ベトナム戦争で多くの実験を行ない、ノウハウを蓄積したCIAは、わが世の春を謳歌《おうか》したのだ。

その悪名に対し、CIAは「職員の大多数はアイビー・リーガーであり、われわれは情報の評価・分析を職務とする役所に過ぎない」という言いわけを繰り返してきた。

実際は、CIAは、世界のあらゆる国に——東側の国も含めて——かなりの影響力を行使したのだった。

たしかに、それは冷戦が終結するまでの話だったかもしれない。

ベルリンの壁が崩壊し、最大の敵ソ連がなくなった今、CIAはその権限を縮小され、予算を大幅に削減される危機を迎えているはずだった。

一九九三年二月。CIAのウールジー長官は、その任命承認公聴会で、これまでの長官では考えられない苦《にが》い立場に立たされた。

歴代のCIA長官は、常に、声高《こわだか》に旧ソ連、および共産圏の脅威を主張し、CIAの役割を堂々と訴えた。

しかし、ウールジー長官は、「戦争に至るような脅威は、大幅に削減された」と述べねばならず、辛《かろ》うじて「大きな竜は死滅したが、世界はなお、無数の危険な毒蛇がいる状況にある」と言及するのがやっとという体《てい》たらくだった。

ウールジー長官は、議員たちに対し、アメリカの目下の敵は、米企業に対する外国企業であると主張した。

CIAは、企業スパイ情報を収集し、その防止と警告業務を新たな任務としているのだと説明した。

しかし、議員たちは、それで満足するはずもなく、どのくらいCIAの予算を削減できるのかという質問を集中させた。

現在、CIAの予算は百八十億ドルにのぼっている。

一九九二年には、米議会はその予算を十六億ドルも削っている。

そして、今、さらに予算規模を縮小しろと詰め寄っている。

CIAの現在の最大の敵は、海外にはなく、この予算と人員の削減を求める国内の勢力なのだ。

冷戦時に猛威をふるった巨獣は、今、同胞の手によって手負いにされつつある。CIA内部は、その危機に戦《おの》いているのかもしれない。

しかし、冷戦時代に、直接にであれ間接にであれ、CIAと関《かか》わった者の考えは少し違う。

とくに、敵対していた者のCIAに対する認識は別だ。

CIAが雇っていた実行部隊は今も健在なのだ。彼らは、議員たちの思惑とは関係なく今も訓練を続け、世界のどこにでも出かけて行く準備を整えている。

そして、CIAが蓄積したノウハウは、完全に有効だ。

明日からスパイをやめて経済評論家になれと言われても、なかなかそういうわけにはいかないのだ。

工藤もCIAの脅威を知っている者のひとりだ。

彼らが雇う実行部隊は、じつのところピンからキリまでといったありさまなのだが、優秀な者は、とびきり優秀だ。

軍隊経験者の中でも、特に選ばれた者がそうした任に就《つ》く場合が多い。

優秀な殺し屋というのは、完全に感情を抑制できる人間だ。人を殺すという行為は、誰にとってもいやなものだ。

生理的な嫌悪や恐怖がつきまとう。ＣＩＡが雇うような殺し屋は、その嫌悪感や恐怖をコントロールできるのだ。

マフィアやヤクザが使う殺し屋は、サディズムの傾向があり、殺したりいたぶったりという行為そのものが好きな場合が多い。

政治的なテロは、そういう連中には不向きなのだ。

幸いにして、工藤は過去にＣＩＡといざこざを起こしたことなどない。

そんなことをしたら、今、ここにいないはずだった。とっくに地獄へ行っている。

だが、彼はついにＣＩＡと事を構えることになってしまったのだ。

工藤は部屋中を犬のように嗅《か》ぎ回ってから、ようやく落ち着くことができた。

窓は嵌《は》め込《こ》みになっていて開かない。窓からの侵入は考えにくい。

部屋にいる限り、おそらく安全だろうと工藤は考えた。だが、それでも百パーセント安心しているわけではなかった。

「シャワーを浴びたいわ」

亜希子が言った。「そして、眠りたい。くたくたなの」

工藤はうなずいた。

「なるべく時間をかけずに済ましてくれ。シャワーを浴びたら、また身仕度を整えておくんだ。眠るときも服を着ていてくれ」

それが、身を守るための当然の心得であることを、亜希子は理解した。

「わかったわ」

亜希子はまず寝室へ行き、スーツケースの中から着替えを出し、バスルームへ向かった。

ほどなく、シャワーの音が聞こえて来る。

工藤は寝室へ行き、ふたつあるベッドの片方からベッドカバーを外し、毛布やシーツを剝《は》がした。

その毛布とシーツをリビングに運びソファーに寝床を作り始めた。慣れた手つきでまたたく間にベッドメーキングを終える。

もう一度ベッドへ行き、羽根枕をひとつ持って来た。

それをソファーの上に置いた。

次に彼は、小振りのボストンバッグをティーテーブルに載せた。いつも車に積んであるボストンバッグだった。

中には着替えなどが入っている。

まず、彼は細長いパイプ状のゴムを取り出した。そのゴムの中ほどに革の小片が取りつけてある。

次にY字形をした、金属と合成樹脂でできたものを取り出す。細い針金を使って、ゴムをそのY字形の器具に取りつける。パチンコができ上がった。ボストンバッグの底をさぐると、十個ほどのパチンコ玉を取り出す。パチンコをベルトに差し、パチンコ玉をジャケットのポケットに入れた。

パチンコは、時には銃にも劣らない威力を発揮してくれる。銃声がしないのが何よりありがたい。所持していたところで、違法ではない。

そして、頑丈なバックルのついた革のベルトを取り出し、腰に巻いた。ズボンを止めるためのベルトはしていた。その上に、もう一本巻きつけたのだ。

このベルトも武器だった。

そして、アル・マーのグリーンベレー・フォールディング・アタック型のナイフをポケットに忍ばせ、もう一本、ダマスカスの両刃のナイフを、シースごと臑《すね》にアスレチックテープでくくりつけた。

フォールディング・ナイフは、武器というより、サバイバル用だ。一本あればいろいろなことに役立つ。

身近なものから武器を作ることもできる。椅子《いす》の足を削るだけで槍《やり》を作ることができるのだ。

ダマスカスのナイフは、投げるのにも使える。直刃なので、手裏剣《しゅりけん》のように使えるのだ。ズボンの下に隠しても、CIAが雇った殺し屋や、CIAのエージェントが相手となると無駄なような気がする。

しかし、寸鉄も帯びない状態でいるわけにはいかなかった。生き延びるためには、どんなわずかな可能性であっても追求しなければならないのだ。

バスルームのドアが開き、亜希子が出て来た。

彼女は、言われたとおり、身仕度を整えている。チノクロスのパンツに、明るい緑色のポロシャツを着ている。

先ほどまで着ていたTシャツとジーパンは、丸めてかかえていた。バスタオルで髪をこすりながらリビングルームへやって来ると、ソファーに眼《め》をやった。

「あら、ちゃんとしたベッドが出来上がってるわね」

「ああ……」

「ずいぶんと几帳面《きちょうめん》なのね」

「習慣なんだ」

「どこかで仕込まれたの？」

「そう。フランス外人部隊の第四連隊で」

「第四連隊……？」

「新兵の訓練を担当している連隊だ。身辺を清潔にすることは安全のためにも重要だ。そして、安眠も兵士には重要だ。だから、こうしたことはうるさく仕込まれる」

「へえ……」

亜希子は興味ありげにうなずいた。彼女は冷蔵庫を開けた。飲み物を物色している。

「ビールを飲みたいところだろうが、がまんしてくれ。アルコールはだめだ」

「あなたって、本物の兵士なのね」

「そう。銃を取り上げられた兵士だ」

亜希子は、スポーツドリンクを選んで、飲んだ。

「休んでかまわない？」

「もちろんだ。安心して眠ってくれ」

「ありがとう。おやすみなさい」

亜希子はベッドルームに消えた。ベッドルームのドアが閉まる。

工藤はシャワーも使わず、ソファーにごろりと横になった。

すでに深夜の零時を過ぎている。

亜希子は、時差のせいで本来なら目が冴《さ》えていても不思議はないのだが、本当に眠ってしまったようだった。

緊張の連続から、ようやく解放されたせいだろう。

自分の部屋で飲んでいたウイスキーはすっかり醒《さ》めてしまっていた。工藤は、飲み直したい気分だった。

しかし、酒はいけない。

アルコールは中枢神経の弛緩《しかん》剤だ。極度に緊張しているような場合には、少量のアルコールはすばらしい薬になる。

だが、アルコールは集中力と反射速度を鈍らせるし、内臓を疲弊《ひへい》させて体力をうばう。いつ敵の襲撃があるかわからないようなときに飲むべきではない。

とくに、アジア人は、白人に比べて肝臓内にあるアルコール分解酵素の種類が少ないといわれている。一般論に過ぎないが、日本人は白人よりも酒が弱いのだ。

工藤は立ち上がり、電話に近づいた。

『ミスティー』に電話をかける。

いつもならすぐに出る黒崎がなかなか出ない。工藤は呼び出し音を八回まで聞いた。切ろうと思ったとき、電話はつながり、黒崎の声が聞こえて来た。

「はい。ありがとうございます。『ミスティー』です」

「工藤だ。例の三人は?」

「今、警察が来ている。三人とも意識は戻ったが、警察が来たときは眠ったままだった。ひとりは肩を脱臼《だっきゅう》し、肋《あばら》を折っている」

「ヒヨッコが俺《おれ》たちの世界に入り込むからああいうことになるんだ。彼らは、自分達の未熟さを思い知っただろう」

「警察は誰がこんなことをしたのかと興味を持った」

「俺のことを話したのか?」

「話した。こういう珍客のために、あんたを住み込みで雇っているのだということも話した」

「警察は何と言った?」

「あんたに話を聞きたがっている。そして、あんたが今、どこにいるのかを気にしている」

「仕事が終わるまで、そこには戻らない」

「あの三人がどうなるのか知りたくないのか?」

「見当はついている。あの連中を警察が押さえておくことはできない」

「ほう……」

そう言っただけで黒崎は電話を切った。彼は、自分には関わりのないことだと決めているようだった。

工藤がどこにいるのかも尋ねなかった。

いったい、亜希子のために、何人くらい送り込んで来るのだろう?

工藤は考えた。

すでに、三人を見ている。彼らは、雇われ殺し屋ではなく、CIAの正式な実行部隊に違いないと工藤は思った。

茶色の髪の男は、おそらくアイビー・リーガーだろう。

金髪は兵士上がりだ。おそらく、海兵隊に違いないと工藤は思った。アメリカの海兵隊はタフな男が集まることで有名だ。

彼らはエリート意識を持っている。肉体と精神力に自信を持っている者独特のエリート意識だ。工藤は、そうした臭《にお》いを、あの金髪に感じたのだった。

赤毛についてはよくわからない。だが、プロであることは間違いなかった。そして、茶色の髪の男同様、東部出身で高い教育を受けたアメリカ人独特の雰囲気を持っていた。おそらくはCIAの正式な職員だろうと工藤は思った。

亜希子がなぜCIAに狙われているのかはわからない。だが、彼らに、亜希子を殺す気がないのは明らかだった。

その気があれば、さきほど『ミスティー』であっさりと片づけているはずだ。

彼らは亜希子を、あくまでも連れ去りたいと考えているのだ。何かを聞き出したいのかもしれない。

実行部隊がいるということは、おそらく、バックアップの情報収集部隊も動き回っているはずだ。

あの三人を叩《たた》きのめしても、尾行はいなかっただろうと安心するのはまだ早い。工藤はそう思った。

とにかく、眠れるうちに眠っておかなくてはならなかった。

睡眠不足は、アルコール同様に、集中力と反射速度を鈍らせる。

工藤は、上着を脱いだ。上着はチェックのスポーツジャケットだった。そのポケットにパチンコ玉が入っている。

それを、すぐに手のとどくところへ置き、ソファーに横になった。ズボンと靴下は穿《は》いたままだ。

ズボンのポケットにはフォールディング・ナイフが入っているし、ベルトにはパチンコを差したままだ。また、臑には、ダマスカスのナイフを貼りつけたままだったので、ごつごつと体に触ったが、快適さより安全のほうが優先されるのだから仕方がなかった。

工藤は毛布をかぶり、目を閉じた。

気が昂《たかぶ》ってなかなか眠れそうになかった。しかし、彼は体を横たえて目を閉じていた。

眠らなくても、こうして横になり目を閉じているだけで休息になるからだった。いずれ、どんなに緊張していても、疲れ果てれば泥のように眠ってしまうものだ――工藤はそのことを経験上、知っているのだ。

そして、いつしか、彼は波間を漂うようなあやうげな眠りの中に入っていった。

目を覚《さ》ましたとたんに彼は跳《は》ね起きていた。毛布を勢いよく剝ぎ取り、姿勢を低くして床に降りた。片方の膝《ひざ》をついている。

ほの明るい照明の中に、亜希子が立っていた。

工藤の反応に驚いたようだ。目を丸くして立ち尽くしている。

工藤はその顔を見て、それから素早く周囲を見回した。

それから、がっくりと体の力を抜いた。大きく息をつく。

二度、三度と深呼吸を繰り返す。心臓が鳴っている。

「おどかさんでくれ……」

「ごめんなさい。でも、驚いたのはこっちのほうよ。いつも、ああやって起きるの?」

「何か用か?」

工藤は時計を見た。三時を回っているから三時間ほど眠ったことになる。まどろむような浅い眠りだった。

「時差のせいね。すぐに目が覚めちゃったの。もしかしたら、あなたも起きているかもしれないと思って……」

「俺は時差ボケじゃない。寝る時間なんだよ」

「少しだけ、お話の相手をしてくれない？」

「別料金を請求するぞ。そういうサービスは費用の中に入っていない」

「いいわ。ね、お願い」

工藤は、初めて、亜希子がおびえているのだと気づいた。夢でも見たのだろう。

彼女がひどくはかなげに見えた。

「費用の話は冗談だ。いいさ。話をしよう。ルームサービスであたたかいミルクでももらうか？」

「いいえ、いらないわ」

亜希子はようやく落ち着いたようだった。彼女は、ひとり掛けのソファーに静かに腰を下ろした。

2

「地球の環境は守らなくてはならない。それは誰でもわかってると思うの」

亜希子が言った。

工藤は、こういう話題が得意ではなかった。環境保護を声高に叫ぶ連中は、工藤に言わせれば、どうもヒステリックな感じがするのだ。

それで、彼は曖昧《あいまい》な返事をした。

「ああ。まあ、そうだな」

「私も単純にそう信じていたわ。自分が住んでいる家の中は快適にしておきたい——その程度に単純な思い込みだった」

「それで、『グリーン・アーク』で働き始めたわけだな」

「そう。海外で働きたいという夢もあったわ。あたし、帰国子女だったの」

「ほう……」

亜希子には、どこか日本の女性とは違う雰囲気を感じたが、それは、アメリカで働いているせいばかりではなかったのだ。

幼い頃《ころ》の一時期を、海外で過ごしたことが影響しているのだ。

一般に、日本の女性は、自分の考えをはっきり言わない。相手が気を使ってくれるのを期待し、それが叶《かな》わぬときは勝手に不機嫌になるという傾向がある。

外国人の男性は、日本の女性が何を考えているのかよくわからないと言うが、原因はだいたいそのあたりにある。

亜希子は、じつに軽やかに、自分の考えを話す。それは、会う人に、明るい印象を与えるのに役立っている。

「でも、働いてみると、地球の環境を守るというのは、簡単なことじゃないことがわかったの」

「そうだろうな……」

「私たちは、暖房のために、移動のために、そして、電気を起こすために、おびただしい量の石油を使うわ。着る物にも、その他《ほか》プラスチックを作るためにも石油を使う。石油は有限で大切な資源だということは誰でもわかっているのに、世界全体で使われる石油の量はけっして減ることはないわ」

「ああ……」

「そして、石油を燃やすことで、二酸化炭素をどんどん増やし、地球温暖化の原因を作っている」

「そういうことは知っているつもりだ」

「アマゾン、マレーシアといったジャングルの乱伐で、酸素供給量が減り、二酸化炭素は増え続けていく」

工藤は、相槌《あいづち》を打たなくなった。

亜希子の講義が早く終われば、それだけ、早く眠ることができる。余計なことは言わないに限ると決めたのだ。

「温室効果により、アラスカのツンドラ地帯の凍土が溶け出し、二酸化炭素を空中に大量放出しているという報告もあるわ。すでに、地球では悪循環がいたるところで始まっているの。有害な紫外線から、私たち生物を守ってくれていたオゾン層がフロンガスその他によって破壊されつつある。世界中のいたるところで酸性雨が降り、森を枯らしている……」

亜希子の口調はじつに淡々としたものだった。激しているわけでも嘆いているわけでもない。

「あたしたちは、そうした現状を目の当《ま》たりにしてきたわ。現状を見て、それを分析する。でも、そこまでなの。抜本的な対策は何ひとつ立てることはできていない。あたしたちはプルトニウムの利用にも反対している。それが、単に核兵器の材料だからではなく、自然界には存在しない最大の汚染物質だからなの。でも、日本は、そのプルトニウム利用を強行したわ」

工藤は口を開いた。

「『グリーン・アーク』というのは、きわめて活動的だと聞いたことがあるんだがな」

「活動的よ」

「バックには、さまざまな巨大資本がついていて、資金的にも潤《うるお》っているという噂《うわさ》も聞いた」

「否定はしないわ。でも、そうした資本力に利用されているわけではないわ。『グリーン・アーク』が資本力を利用してきたのよ」

「俺が言いたいのは、金と行動力があればかなりのことができるだろうということだ」

「方策がわかっていればね」

「環境保護のためにできることはたくさんあるだろう」

「もちろん、あたしたちは、海水淡水化の大掛かりなプラントを実行に移し、その水を砂漠緑地化に活《い》かすというプロジェクトを推《お》し進めたりしたわ。でも、そうした活動は、たずさわる人たちの自己満足の役にしか立たなかった」

「悲観的な言い方に聞こえるな……」

「環境問題にたずさわれば、誰でもそうなるわ。どんなに楽観的な人でも、現実を知れば知るほど絶望する」

「あんたも絶望しているのか?」

「あたしは、絶望しない。絶望したり挫折《ざせつ》したりする人は、理想主義者なのよ。地球を産業革命以前の環境に戻さないといけないと信じ、生物の種《しゅ》は、ひとつとして絶滅させてはいけないと思い込んでいたら、ひどい絶望を味わうことになるわ。あたしは失われてしまったものよりも、残っているもののことを考えるタイプなの」

「一種のあきらめか?」

「そうかもしれない。必要なことよ。ホスピスの考え方ね」

「地球はすでに死を宣告されているというわけか?」

「それも思い上がり。どんな状態になろうと地球は残るわ。四十六億年前、地球が生まれたとき、地球には生物などいなかったわ。海も陸も大気もなかった。どろどろとした溶岩の固まりだったのよ。地球の内部から、水素、塩素、窒素、二酸化炭素、エタン、メタン、水蒸気が噴《ふ》き出して大気ができたの。その次に水蒸気が冷え、水となり、塩素を溶かして酸性の溶液となった……。酸性溶液は岩石を溶かして中和し、ナトリウムやマグネシウムなどの金属イオン濃度を高めていく、つまり塩水になるわけ。それが集まって海ができたわ。生物はこの原始の海で生まれたの。三十億年前には、今とあまり変わらない大きさの海と陸があっただろうといわれているわ。約六億年前のカンブリア紀になると、生物が急速に増え始める。動物も植物もカンブリア紀を境に、この地球に満ちてくるわけ。やがて、シダ類が大陸を覆い始める。古生代末期の石炭紀、二畳紀《にじょう》というのはシダ植物の繁栄期で、このとき、大気はそれまで地球にはあまりなかったもので汚染されるの。何だと思う？」

「酸素か？」

「そのとおり。大気中の酸素は植物によって作り出されたの。ある種のバクテリアや原生動物にとって酸素は猛毒だった。だから、このときに、多くの種が絶滅しているはずだわ。酸素には殺菌作用がある。それがそのときの名残《なごり》ね。このように、地球上では何十億年もかかって生物の誕生と絶滅の歴史が繰り返されている。それが、進化の姿なのよ。人間という種は、大気を窒素酸化物、二酸化炭素、その他で汚染している。けれども、それは、シダ植物が大気を酸素で汚染したのと、本質的にどれくらい違うのかしら」

「待ってくれ。わけがわからなくなってきた。あんたは、人間が環境を破壊するのは仕方のないことだと言いたいのか？」

「ある意味ではね」

「たまげたな……」

「かつて大陸中を覆っていたシダ植物や裸子《らし》植物は今ではマイナーな存在で、植物の主役は種子が果実に包まれた被子《ひし》植物なのよ。裸子植物の多くは、被子植物に取って代わられ、絶滅したのよ。中生代の三畳《さんじょう》紀、ジュラ紀、白亜《はくあ》紀には、大型の爬虫《はちゅう》類の天下だった。中生代は爬虫類の時代と呼ばれている。そう、恐竜よ。恐竜の天下は約一億年にもわたって続いた。それが、新生代になって突然、姿を消してしまうの。ミステリアスな謎《なぞ》として、恐竜絶滅は話題にされるわ。原因はわからないけど、環境の変化が起こって、絶滅したのはたしかだわ。その後、あたしたち哺乳《ほにゅう》類の天下となるわけね。新生代は、哺乳類と被子植物の時代なの。地球上で繁栄する生物は常に入れ替わってきたわ。次は、何が主役になるかわからない。そうね、イチョウは公害に強いというし、ゴキブリも生命力がある。また節足動物と裸子植物の時代に一気に逆戻りするかもしれないわね。生物は、遺伝子を残すためだけに生きているという説があるわ。遺伝子の側からすると、生物というのは、容器でしかないの。容器はどんな形でもかまわないわけ。魚であろうが人間であろうが、遺伝子にとっては大差はないの。ただ、自分を残したいがために、生き延びろ、種を絶やすな、という命令を伝える。それが本能の正体だといわれている」

「ようやく言いたいことがわかってきた」

工藤は言った。「あんたは、環境保護という言葉を傲慢《ごうまん》だと思っている――そういった意味の話なのか?」

亜希子は、一瞬、意外そうな表情で工藤を見つめた。その眼は、黒々と濡《ぬ》れ光り、ほの暗い部屋の照明の中で、相手をうろたえさせるほど美しかった。

「あなたって、頭がいいのね。そのとおりよ。環境なんて保護しなくったって、地球は残るし、生き残る生物はいる。生物の種が入れ替わるだけよ。あるいは、本来の主役は、生物ですらないかもしれない。ある遺伝子工学の学者は、シリコン・チップがあたしたち生物に取って代わる可能性を示しているわ。遺伝子が、あたしたち生物のような容器より、シリコン・チップなどのような容器のほうがいいと判断したら、地球上の様相はガラリと変わるだろうというの。遺伝子は、あたしたち生物の体内ではなく、コンピューター・チップの中で複製を始めるかもしれない。あたしたちのことを炭素系生物と呼び、シリコンなどの新しい遺伝子媒体のことをケイ素系生命体などと呼ぶこともあるわ。そうしたら、地球に緑も空気も水もいらない。月のような環境になっても進化は続くことになる。つまり、環境保護というのは人類にとって都合のいい環境を選択的に残そうというエゴイスティックな考え方かもしれないのよ」

「人類のせいで、動物や植物の種が失われている。それを防ごうという考え方がエゴイスティックだとは思えんがな……」

「でも、やはり、その考えは傲慢よ。人類は、その動物や植物を絶滅させようとしたわけじゃないわ。よりよい生活をしようとした結果、起こったことよ。よりよい生活をしたいというのは脳が発達したから求め始めたことで、人類の脳をここまで発達させたのは大自然よ。それが進化なんだから……。地球全体の進化の行き着く先は、まだ誰にもわかっていないわ。人間のせいで絶滅していくといわれる動物は、公害や自然破壊がなくても、失われていく種なのかもしれない。オランウータンも、マウンテンゴリラも、チンパンジーも、霊長類の中では人類に進化の主役を奪われた種なのよ」

「驚いた……。俺は、本当に『グリーン・アーク』の元職員と話しているんだろうな……。『グリーン・アーク』は、過激で融通《ゆうずう》のきかない環境保護団体だと思っていたんだが……」

「チンパンジーやオランウータンを助けるために、同じ人類の生活を犠牲にするというのは、種として考えたときにどこか歪《ゆが》んだ考えなのかもしれないわ」

「つまり、南北問題……。先進国のエゴイズム……」

「あたしはそう思う。途上国の人々だって、クーラーのある部屋でテレビを見て、冷蔵庫で冷したビールを飲み、清潔なトイレとバスを使いたいはずよ。そういう生活を望んでいないはずはないわ。人類は種としてそういう生活を経験してしまったんですからね」

「そうかな……。そういう生活を望んでいない人もいるかもしれない」

「たしかに……。でも、そういう人は、特別な理由を持っているはずよ。文明社会に疲れた、とか、故郷に特別な思い入れがある、とか……」

「なるほどな……。たしかに、すべての国は文明化を目指している。アフリカの国々もアジアの国々も例外はない」

「ある日本の脳生理学者は、こうした人類の文明化のことを、脳化と言っている。つまり、脳の中で描いたことを、どんどん現実化していくという意味。だから、家を建て道を作り、村や町を作る。その作業は他のどんな動物にも見られない。家や町を作ることと、鳥の巣作りは意味が違うのよ」

「しかし、それを認める人間が、環境保護団体にいるというのは不思議な気がする」

「あたしだって、『グリーン・アーク』に入ったころは、バリバリのエゴイスティックな環境保護論者だったわ。でも、それが大きな弊害を生むことにやがて気づいたの」

「弊害？　それは絶望や挫折のことか？」

「もっと大きくて深刻なの」

「ほう……？」

「あなたの明晰《めいせき》な頭脳をもってしてもわからない？」

「そう。俺の明晰な頭脳でもわからない」

亜希子は無邪気な笑顔を見せた。

でも、すぐにその笑顔を消し去った。苦しい思い出を話すような表情になった。

「それは、まず、謙虚な反省から始まったわ」

「いいことだ」

「そう。環境問題にたずさわる者が、楽観的な一面を持ち得た時代のことよ。私たちは、全人類の立場に立って物事を考えているつもりでいた」

「私たちというのは、『グリーン・アーク』のことか？」

「『グリーン・アーク』を含めた熱心な環境保護論者よ。彼らは、深い反省に立って、人類は生活全般を見直すべきだと考えたわ。それは、国際政治の舞台でも重要な話題となった……。国際政治の風潮を反映する形で、先進国の国内政治において、ひとつの政策になりうる問題ともなったわけ」

「ブームだ」

「そう。環境保護はブームになった。ブームというのは本質を形骸《けいがい》化する働きがあるわ。世界各国で、環境保護に対するいろいろな活動が活発になった。人々は、ワシントン条約やラムサール条約に関心を持ち、九二年六月にブラジルで開かれた地球環境サミットに注目したわ。アメリカ政府は環境政策局を新設したし、日本政府は環境庁の機能強化をはかったわ。日本の経団連が、各企業から資金を集めて自然保護基金を作った……。でも、砂漠や熱帯雨林の破壊は今でも急速に進んでいるし、二酸化炭素は増え続けている。オゾン層の破壊も進んでいる」

「つまり、ブームに乗った環境保護政策など焼け石に水というわけか?」

「焼け石に水どころか、マンモスタンカーの進路をボートのオール一本で変えようとしているようなものね」

「焼け石に水をかけ続ければ、石はいつかは冷える。でも、オール一本では、マンモスタンカーの進路は永遠に変えられない……」

「そう」

「つまり、地球はどんどん悪い方向へ向かっている……」

「それは間違い」

「そうか……。悪い方向へ向かっているのは人類を取り巻く環境なんだな」

「おおざっぱに言うとそういうこと」

「現在の環境保護運動が本質をとらえていないから?」

「そうかもしれないし、そうでないかもしれない。あたしには決められないわ」

その口調が工藤には引っ掛かった。

まったく亜希子らしくなく、捨て鉢《ばち》な感じがしたからだった。

だが、その口調はすぐに改まり、理性的な語り口が戻った。

「環境保護論者たちは、まず反省から始めた。そして、次に挫折を味わったわけ。無力感を感じたのよ」

「漠然とだが、その気持ちはわかる。あんたも挫折感を感じたのか？」

「感じたこともある。でも、あたしや仲間の場合、日常業務が忙しくて気が紛《まぎ》れたわ。問題は、事態を全体的に把握して見つめ続けなければならなかった人たち……」

「例えば、『グリーン・アーク』のトップにいる人たちとか……」

「そう、大学の教授なんかの研究者たちね。今でも、明るい材料を探し続けている研究者はたくさんいるわ、でも……」

「そういう人たちは、あまりうまくいっていない……」

「そう言えるわね。成果を上げることができないのだから……。環境保護論者は挫折し、やがて、その中から絶望する人々が出始めた。絶望はどんどん広がっていったわ」

「絶望からは何も生まれないと教わったことがある気がする」

「そうかもしれない。でも、彼らは本物の絶望を味わったのかもしれないわ。挫折の原因、その奥にあるものに行き当たってしまったから……」

「それが本質か？」

「そう信じている人たちがいる。それも、最先端で環境保護をリードすべき人々の中に、かなりの割合で」

「その本質というのは何だ？」

「進化よ」

工藤は、顔にこそ出さなかったが、衝撃を受けたのは確かだった。

それまでの話がすべて結びついたからだった。

「進化……」

「そう。地球上のすべての生物が負わされた宿命。恐竜が滅んだのも、進化が原因だと主張する生物学者がいるわ」

「人類も恐竜の二の舞になるのだと……？」

「そう。恐竜は個体の大きさが原因だったわ。そして、人類の問題は、個体の数なの」

「人口……」

「そう。環境問題はもはや人口問題と切り離しては考えられないの。言い換えれば、人間という種の数と、その極度に発達した脳が描き出す理想を保持するためには、自然環境を破壊するしかないの。他の動植物を犠牲にして——」

「緩慢《かんまん》な自殺だ……」

「それを進化が望んでいるのかもしれない」

「たしかに絶望的な話だ」

「絶望した環境保護論者の中には、ひとつの結論を導き出した人々がいるわ」

「人類自身による、人類の粛清《しゅくせい》」

「結論？」

3

「付き合い切れん……」

工藤は、疲れた顔でかぶりを振った。

話の内容は、理解できる。だが、理解できるだけだ。現実の問題として捉え、自分との関わりを考えることはできない。

「そう思うのも無理はないわ」

「理想論者が何を言っても所詮《しょせん》は絵空事《えそらごと》だ。絶望しようが、自虐的な夢物語をしようが俺には関係ない」

「そう。あなたには関係ないわ。でも、わたしにはあるの」

「同情するよ」

「あなたは、人類自らの粛清というのを、現実のものとは思っていないのね」

「誰だってそうだと思うが……？」

「その結論を出した人間たちには、金と力があるのよ」

工藤は、亜希子の口調に切羽《せっぱ》詰まったようなものを感じた。

そして、彼は気がついた。

「まさか、あんたが追われていることが、それと関係あるんじゃないだろうな……」

「関係ない話を、真夜中に長々と話して聞かせたりはしないわ」

「人類の粛清を考えたのは『グリーン・アーク』だというのか?」

「そう」

「そして……」

工藤は考えを巡《めぐ》らせた。『グリーン・アーク』とCIAが結びついた。いや……、利害が一致したというべきか……。

「そういうことなの……」

「CIAは、誕生して以来初めての危機に遭遇している」

「ああいうものは必要悪だ、ないほうがいい——どうして、みんな、そうは考えないの?」

「アメリカ国内にもそう考えている人々はたくさんいる。だが、CIAほどの巨大な組織になると、その関連業務で暮らしている人も莫大《ばくだい》な数になる。CIAのトップにいる人間も、CIAを思うように動かせなくなる」

「組織が恐竜化するわけね」

「たしかに、CIAくらいの組織になると、組織が生き物のように自己防衛本能を持ち始めるような気がする」

「自己防衛本能……？」

「組織自体が組織を守ろうとするんだ。ＣＩＡの最大の問題は用無しになることだった。ＣＩＡには敵とか紛争とか国際問題が常に必要だ、それが、ＣＩＡという巨大な生物の餌《えさ》なんだ。今、ＣＩＡはそういった餌が不足して飢え死にしそうになっている」

「あなたの言うとおりよ。『グリーン・アーク』のシナリオは、ＣＩＡに大きな餌を提供するような内容だったの」

「あんたは、その秘密を知っているがためにＣＩＡに追われている……」

「知っているだけなら、連中も慌《あわ》てはしないわ。事実、このことを知っている者は何人もいる」

「つまり、あんたは、何かそれを証明するものを持っているというわけだ」

「そう。あたしは、それを、アメリカからの客に手渡さなければならないの」

工藤は大きく深呼吸をした。

彼は、かぶりを振って言った。

「これ以上は聞きたくない。聞く必要もない」

「あなたの立場はわかっているわ」

「ならば、話はもう終わりだ」

「訊《き》いておかなければならないことは別にある」

「なに？」

「あんたのいうアメリカからの客とは、どこで会うんだ？」

「まだ決めてないわ。直前に連絡を取り合うことになっているの」

工藤はうなずいた。

相手はやり方を心得た連中のようだ、と思った。

「もうひとつ、訊きたいことがある」

「何かしら」

「俺は、あんたがCIAに追われている事情など聞きたいとは思わなかった。あんたを追っているやつらが何者かということも、俺は質問しなかったはずだ。なのに、あんたは話した。何か理由があるのか？」

「エドが、あなたは信用できると言ったのよ」

「エドがそう言ったからといって、人を簡単に信じちゃいけない」

「いいえ。エドが言ったことは信じるわ。あたしは、エドを信じているから」

「エドがあんたを守るべきだ」

「そうしてくれていたわ」

「どういうことだ？」

「彼は突然、失踪《しっそう》したの」

「エドが失踪……？」

「仲間は次々と、失踪したり、殺されたりしたわ。エドは、あたしたちを守り、そして、自分で自分を守る方法を教えてくれたわ。あたしたちはエドを信頼していた」

「あたしたちというのは？」

「ひそかに、『グリーン・アーク』の内部告発グループを作っていたの。コンピューターから、ＣＩＡとの共同作戦の全貌《ぜんぼう》を盗み出したのも、そのグループよ」

「盗み出した。信じ難《がた》いな。ＣＩＡは秘密を盗み出すプロだ。つまり、機密を守ることに関してもプロなんだ」

「『グリーン・アーク』は、内部の者に対してあまり警戒が強くなかったわ。すべての関係者が同じ信念を持っているはずだという思い込みのせいよ」

「ミスをおかしたのはＣＩＡの人間ではなく、『グリーン・アーク』の人間というわけか？　ＣＩＡは尻ぬぐいをさせられているということになるな……」

「そのミスのおかげで、おそろしい計画を未然に防げるかもしれないわ」

「エドはどういうふうにいなくなったんだ？」

「ある日、突然、いなくなったの。どこに連絡しても居場所がわからなくなった……」

「なるほど……」

「エドは生きていると思う?」

「そう思いたい。だが、その望みは少ない」

亜希子は、工藤が会ってから最も辛《つら》そうな顔をした。

工藤は尋ねた。

「エドが好きだったのか?」

「あたしたちは、みんなエドが好きだったわ」

納得できる答えではないが、工藤はそれ以上は訊かなかった。

「仲間が他にもいなくなったり、殺されたりしたと言ったな?」

「そう。突然『グリーン・アーク』を辞めて故郷へ帰ると言ってそれきりになった者や、事故にあって死んだ者が相次いだわ。あたしたちはエドと、アメリカを脱出することを話し合ったの。国内にいたらCIAの思うがままだとエドは言った。そして、エドはあなたのことをみんなに話し、行くなら日本がいいと言った。エドが失踪し、あたしは、それを実行に移した」

「日本にも『グリーン・アーク』の支部みたいなものはあるのか?」

「あるわ。でも、あたしたち内部告発グループは、その支部とは連絡を取り合うことはできないわ。支部というのは、むしろ組織のトップと直接結びついているものなの」

「それはわかる」

「むしろ、CIAが『グリーン・アーク』の日本支部と連絡を取り合っているかもしれない」

「考えられなくはない」

「日本での一日目は、何とか生き延びることができたわ。あと、二日……」

「アメリカの客に手渡すものというのは、どんなもので、どこにあるのか聞いておこう」

「ディスクよ。あたしが身に着けているわ」

彼女はコットンパンツの腰のあたりに手をもっていった。「ここの内側に縫《ぬ》いつけてあるの」

「CIAと『グリーン・アーク』の作戦計画がそのディスクの中に詰まっているんだな?」

「ありとあらゆる資料が……」

「わかった。さあ、少し眠らせてくれ。いざというときに、役に立たないようじゃこまるからな」

亜希子はうなずいた。

彼女はすっかり落ち着きと自信を取り戻したようだった。立ち上がり、「おやすみなさい」と言うと、寝室へ消えた。

代わって工藤は自信をなくしていた。

「あのエドが失踪……」

彼は、ごくかすかにつぶやいた。「冗談じゃないぞ……」

相手にした敵がいかに手強《てごわ》いかを思い知らされた。

だが、工藤は、何とか気持ちをコントロールした。今は、心配をしているときではない。

用心深いのはいいが、恐怖の虜《とりこ》にだけはなってはいけない。

彼は毛布にもぐり込んで目を閉じた。

亜希子の話を聞いた衝撃はまだ残っていた。とりわけ、エドの話は気になった。

だが疲れが勝《まさ》ったようだった。いつしか、工藤は眠った。


何かひどく気になる音が聞こえていた。

工藤は夢うつつの中でそれを聞いており、無視すべきかどうか迷っていた。

やがて、自分がどこにいるか思い出し、それが異常事態かもしれないことに気づいた。

工藤と亜希子がそのホテルにいることは誰も知らないはずだった。外線電話はかかって来るはずはないのだった。

工藤は飛び起きて、電話に出た。電話は外線からだった。

米語が聞こえて来た。

「ミス水木は、そこにおいでかな?」

下品な言葉づかいではない。東部出身の感じがする。エリートだ。

おそらく、赤毛だろうと工藤は咄嗟《とっさ》に思った。

工藤は答えなかった。

「そこに宿泊しているのはわかっている」

相手の男は言った。「君は、ミス水木を誘拐監禁している男だな」

工藤は何も言わなかった。相手の挑発に乗るわけにはいかなかった。

時計を見ると十時になろうとしていた。たっぷりと眠ったことになる。

「われわれは、ミス水木を君の手から救出する任務を負っている」

(いろいろな言い方があるものだ)

工藤は相手の杓子定規《しゃくしじょうぎ》な口上《こうじょう》を聞いて、そう思っていた。工藤はあくまで無視するつもりでいた。このまま電話を切ってもいい。

宿泊先を、相手に知られたのはやはり問題だと思ったが、切り抜けられない問題ではない。

やはり、あの日、『ミスティー』を襲撃した三人の他にも監視者がいたのだ。

バックアップの情報収集班だろう。アメリカ大使館員という肩書きかもしれないし、軍にいることになっているかもしれない。あるいは、現地で雇われた日本人かもしれなかった。

その情報収集班が、工藤と亜希子の部屋を突き止めたに違いなかった。

工藤は本当に電話を切ってやろうかと思った。

彼らは手が出せないから、電話でプレッシャーをかけてきたのだ。本来、電話で相手とコンタクトを取るような連中ではない。

闇《やみ》に乗じてやって来て、さっさと仕事を済ませて帰る——そういう手合いなのだ。

東京のど真ん中のホテルにいる限り、安全だということを意味していた。

CIAといえども、友好国の日本国内で無茶はできないようだ——工藤はそう読んでいた。

「取引きをしたい。人質の交換だ。部屋のドアの下に封筒がある。その中身を見たまえ」

工藤が立っている位置からドアは見えない。受話器を架台の脇《わき》に置くと、工藤はドアのところへ行った。

朝刊といっしょに封筒が差し込まれていた。

工藤は封筒を手に取ると開けた。封筒はホテルのものだった。

ポラロイド写真が入っていた。

工藤は、思わずぎゅっと奥歯を嚙《か》みしめていた。読みが甘かった、と思った。

ポラロイド写真には、両手両足を縛られ、椅子《いす》にすわらされた黒崎が写《うつ》っていた。どこで撮《と》られた写真かはわからなかった。

工藤はすぐに取って返し、受話器を握った。

電話はまだつながっている。

「無関係の人間は巻き込むな」

彼は英語で言った。

相手は慎重だった。工藤と会話しようとはしなかった。一方的に要求を言った。

「ミス水木を連れて、あなたの車に乗りなさい。十五分後に連絡する」

「どうやって?」

「車に乗ればわかる」

電話は切れた。

工藤は受話器を置き、しばし立ち尽くしていた。彼は気配を感じてはっと振り返った。

亜希子が立っていた。

「どうしたの……?」

工藤は嘘《うそ》はつかなかった。その場をごまかしても、何の益もない。

「トラブルだ」

「どんな……」

「いや、それは知らなくていい」

「やつらからの電話ね。それ以外に考えられないわ」

工藤は何か言おうとした。だが、亜希子はそれを遮《さえぎ》るようにして訊いた。

「その写真は何なの?」

そして、工藤は自分が手にしている写真に眼をやった。

そして、諦《あきら》めたように写真を亜希子に差し出した。

亜希子は顔色を失った。

「これは、ゆうべのバーの……」

「俺の大家だ」

「あたしたちが出て行ったあと、誘拐されたのね」

「彼は警察を呼んだ。あの三人は、一度は病院か警察へ連れて行かれたはずだ。その後、警察はその黒崎というバーテンにあれこれ尋問したはずだ。やつらは、そのあと、戻って来たんだ」

「入院したものと思っていたわ」

「ひとりは動けないだろう。だが、あとのふたりは頭痛さえがまんすれば、何とかなったかもしれない」

「あたしと彼と交換することを要求しているのね」

「そうだ。だが、あんたを連れて行くわけにはいかない」

「あたしが行かないと、その黒崎という人は死ぬんでしょう？」

「死ぬ」

「あたし、行かなきゃ……」

「だめだ」

「どうして？」

「ふたり死ぬ必要はない」

「ふたり……？」

「あるいは三人」

「やつらは、あたしたち全部を殺すというの？」

「必要なものが手に入ったらな……」

「ディスクをどこかに隠して行けば？」

「連中の拷問に耐えられる者はいない」

「じゃあ、黒崎さんを見殺しにするの？　そんなのいやよ。どうして、あの人が殺されなければならないの！　あたしが、あなたの部屋を訪ねたばっかりに……」

「落ち着け。もう時間がない。あんたをやつらのところには連れて行けない。だが、俺は行く」

「ひとりで……？」

「そうだ。俺は、黒崎を助ける。だが、あんたは、ここにいるんだ。部屋から一歩も出ずに」

亜希子は唇を嚙《か》んだ。

工藤は、彼女が納得したものと思った。

「必ず戻る」

「いいえ」

「なに？」

「あたしも行くわ」

「何を言うんだ。あんたは、ここにいて……」

「あたしを連れて出ないと、黒崎さんとあなたはすぐに殺されるわ。そうすれば、もうあたしを守ってくれる人はいなくなる。どっちみち、三人とも死ぬのよ」

工藤はもう戸口に立っていた。そこから亜希子を見返していた。

亜希子はさらに言った。

「わからない？　きっと見張りがついているわ。あなたがひとりで行ったら、その瞬間にすべてが終わるのよ。どちらがチャンスが多いか、感情じゃなく、頭を使って！」

工藤は、素早く亜希子の言うことを検討した。そして、言った。

「エドの訓練の成果を発揮できるか？」

「約束するわ」

「急ごう。時間がない」

3章　灰色の眼

1

パジェロの中から、かすかに断続的な電子音が響いていた。鍵をかけていたはずの、ドア・ロックは開いていた。運転席のドアを開けると、携帯電話がシートに載っているのが見えた。

工藤はそれを取り上げ、ボタンを押した。耳に当てる。

東部出身者独特の米語が聞こえた。

「車に乗ってホテルを出ろ。六本木通りを西へ進み、六本木交差点を越えたところで、車を寄せて駐《と》めろ」

「あのあたりは、おそらく違法駐車がいっぱいで車を駐める場所なんてないぞ」

「だいじょうぶだ。空きがある。また連絡する」

電話は切れた。

「くそっ！」

工藤は小さくつぶやくと、エンジンをかけた。

「どうしたの?」

「やつら、待ち合わせ場所も監視している。地理に明るい東京在住のスタッフがついているに違いない」

ギアを入れ、発進させた。いつもより、慎重にクラッチをつなぐ。

怒りを鎮《しず》める必要がある。怒りに駆《か》られた行動は、たいてい失敗する。

「それで、どうするの?」

「やつらの言うとおりにするしかない」

誘拐犯との交渉はプロの分野だ。経験豊富なその道の専門家でなければ人質の安全を確保することは難しい。

プロフェッショナルでも手を焼くのだ。誘拐犯との交渉については、工藤は素人《しろうと》であり、CIAは、誘拐などお手のものだ。

ひどく旗色が悪い。

ホテルの駐車場を出ると、工藤は指示どおりに車を進めた。

六本木交差点はすぐだった。対策を考える時間もない。

時間があったとしても、対策を立てられたかどうかは疑問だった。おそらく、相手は用意周到であり、工藤と亜希子は、罠《わな》の中に飛び込むようなものだ。

交差点を越えると、横断歩道の脇《わき》に、相手が言ったとおり、駐車できるスペースがあった。

（ここは、いつも麻布《あざぶ》警察のカラーコーンが置かれているのではなかっただろうか？）

工藤は咄嗟《とっさ》にそう思った。

記憶は定《さだ》かではないが、そんな気がした。CIAは、じわじわとその影響力を発揮してきているのかもしれない。

工藤は、そこでも慎重にクラッチを操《あやつ》って車を道の端に寄せた。ハザード・ランプを点《つ》ける。エンジンは切らなかった。

午前十時過ぎの六本木交差点は、夜ほどではないが人通りが多い。

携帯電話が鳴った。工藤は、すぐに出た。東部訛《なま》りの米語が聞こえる。

「ミス水木を連れて、車を降りるんだ。右手に行くと、本屋がある。その本屋に入って、正面の階段を昇れ」

電話が切れた。

「この先の本屋だ」

工藤が亜希子に言った。亜希子はうなずいた。緊張のため顔色を失っている。唇が白っぽい感じがする。

明るく、それでいて理知的な亜希子の印象は、かげをひそめていた。

「気休めは言えない」

工藤は言った。「状況は不利だ」

「わかってる。承知で来たのよ」

「だが、約束する。俺《おれ》はあんたを守るために全力を尽くす」

書店の階段を昇り、中二階へ行くと、突き当たりに、赤毛が立っていた。

彼は、美術書のページをぱらぱらとめくりながら階段のほうを気にしている。

店内は混雑というほどではないが、人目がある。こういう人の多い場所で、人質の交換をするというのが、いかにもプロらしい感じがした。

騒動を起こして損をするのは、おそらく工藤の側だ。

この書店は洋書が多いので、外国人の客の姿もちらほら見える。敵は何人か配置しているかもしれないのだ。

亜希子を戦力と考えたとしても、工藤の側はたったふたりだ。

騒ぎが起こったとたん制圧されて、亜希子を連れ去られる可能性が大きかった。

赤毛が工藤と亜希子に気づいた。

彼は、冷《ひ》ややかに工藤を見ていた。その眼には何の感情もない。『ミスティー』でまんまとしてやられたことへの怨《うら》みがましさも感じられなかった。

工藤は、相手の眼を見ながら近づいて行った。視線は動かさず、視界の中にあるものを点検する。

不自然に動く人影はないか?

痼にさわるような雰囲気はないか?

工藤は立ち止まった。工藤の後ろに亜希子がいる。

工藤の左手から、金髪の大男が現われた。こちらは、多少、その眼に憎しみの色が見て取れた。

金髪の大男は、黒崎の腕をつかんでいた。黒崎は、黒いベストと黒い蝶《ボー》タイのままだった。

飲食店が多い六本木では、この恰好《かっこう》もあまり不自然ではない。

黒崎の目の下はたるみ、隈《くま》ができていた。しわがいつもより深い感じがし、髯《ひげ》が伸びてきていた。

その様子は、ひどく消耗しているように見えるが、眼《め》だけは違った。静かな眼をしていた。いつもと変わらない。

何が起きても、けっして激することのない眼。そして、その眼はいきいきと輝くこともなかった。

その物静かな眼差《まなざ》しを、工藤に向けている。金髪は、黒崎の腕をつかんだまま近づいて来た。

「すまない」

工藤は黒崎に言った。黒崎は、静かな眼差しのまま、言った。

「あんた、やっぱり疫病神《やくびょうがみ》だ」

「そうかもしれない」

「だが、こいつらは、あんたよりずっとひどい」

シッと、赤毛が小さく言った。

「日本語で話をするな。さあ、ミス水木、こちらへ来てもらおうか」

亜希子は後ろから工藤の腕に触れた。子供が親の背に隠れているような仕草だった。

何か方策はないか？　工藤は考えを巡《めぐ》らせた。頭がフル回転する。

だが、この状況を打開する方法は考えつかない。一か八か暴《あば》れるしかないか――そう考えたとき、黒崎が言った。

「あんたは許しても、俺は許す気になれんな」

あいかわらず静かな声だった。すべてを諦《あきら》めてしまったような感じだ。

黒崎は、その声とまったく同様に自然に動いた。

あまりに動作が自然だったために、すべての人間が反応できなかった。頭を掻《か》いたり、眼鏡を押し上げたりといった、人間が日常よくやる行動のようにしか感じられなかった。

黒崎は、つかまれているほうの腕をさっと伸ばした。まったく力《りき》みのない動きだ。つかんでいる金髪の男は虚《きょ》を衝《つ》かれた感じだった。

その手を金髪の大男の背に持っていった。黒崎は、男の腰のホルスターから、リボルバーを抜き出していた。

抜くと同時に、まったく迷わず、大男の大腿部《だいたいぶ》を撃ち抜いた。

店内に銃声が轟《とどろ》く。客たちがいっせいに周囲を見回した。

発砲の音がしたとき、正確にその方向を向く者は珍しい。たいていは、何が起きたのかと、あたりをきょろきょろ見回すのだ。

赤毛が背広の裾《すそ》を撥《は》ね上げた。コンバット・シューティングのスタイルだ。

だが、彼が銃を出す前に、黒崎が撃っていた。

黒崎は、眉《まゆ》ひとつ動かさず、赤毛の肩を撃っていた。ハンマーで殴られたように、体をひねる。

金髪の大男は、撃たれたときの、最初のショック症状を起こしていた。無痛無感覚で、体にまったく力が入らなくなる。

大男は床に倒れていた。

黒崎はリボルバーをベルトに差すと、さっと出口に向かった。

工藤の反応も早かった。

黒崎の二連射を見て茫然《ぼうぜん》としていたりはしなかった。亜希子の手を取って走り出す。

行く手を遮《さえぎ》ろうとする客が何人かいた。日本人に見える東洋系がひとり、そして白人がひとり。

発砲した男を取り押さえようとする勇敢な一般市民はあまりいない。彼らはCIAのスタッフに違いなかった。

正面に立《た》ち塞《ふさ》がった東洋系に、工藤は迷わず突っ込んで行った。

東洋系は格闘技の心得があるらしく、身をかわしざまに投げようとした。

工藤はそれを許さなかった。

よけようとした相手の顔面に頭突きを叩《たた》き込む。

額《ひたい》に、鼻のつぶれる感触がはっきりと伝わって来た。

東洋系の男は、格闘技訓練の成果を発揮する間がなかった。

鼻から血をほとばしらせ、折れた前歯を宙に飛ばしながらのけ反り、後方に吹っ飛んで倒れた。

そのときになって、初めて店内で女性客か店員の悲鳴が聞こえた。

白人が亜希子を捉《とら》えようとしていた。

「忘れてた。こいつを返す」

工藤は携帯電話を白人の顔面に叩きつけた。

白人は、パンチが来ると思っていたようだった。ブロックしようと左手を上げたが、工藤の手から飛び出した携帯電話は相手の顔面に叩き込まれた。

唇が切れ、血が流れ落ちる。

白人は、咄嗟に顔面を押さえた。棒立ちになる。

工藤は、正面から踏みつけるように、相手の膝《ひざ》を蹴《け》り降ろした。

膝関節が折れた独特の感触が足に伝わって来る。鈍い音がはっきり聞こえた。

白人は悲鳴を上げた。

工藤は、再び亜希子の手を取って走り出した。客たちは驚き、本棚に身を押しつけるようにして道を空けた。

床に伏せている者もいる。

すでに黒崎は店の外に飛び出している。工藤と亜希子はそのすぐあとに続いていた。

黒崎が、一瞬、どちらへ行こうか迷っている。

「こっちだ!」

工藤が走り出す。

三人はパジェロに乗り込んだ。

黒崎が一発目を撃ってから、一分と経《た》っていない。

工藤は車の切れ目を待たず、強引に発進した。

後ろから来ていたタクシーがけたたましくクラクションを鳴らした。

パジェロは、六本木通りを渋谷《しぶや》方向に向かって走っている。

工藤はとにかく、騒ぎの現場から離れることだ、と思った。まだパトカーのサイレンは聞こえない。

一一〇番通報からパトカーの到着までの時間を、リスポンス・タイムと警察では呼んでいるが、都内では平均約四分といわれている。

書店の人間が、すぐに一一〇番しても、パトカーはまず現場へ行く。

書店は麻布署のすぐ近くだったから、リスポンス・タイムは、平均より多少早まるかもしれない。

しかし、緊急配備を敷くのは、警官が店の者や客などの目撃者から話を聞いたあとのことだ。

それまでに、できるだけ現場から離れていたいと思った。

「この人も、戦場にいたことがあるの……?」

亜希子は蒼白《そうはく》な表情のままで、後部座席から、工藤に尋ねた。

「何だって?」

「まるで、エドの教えそのままだったわ。『撃つときは、けっしてためらうな。銃は撃つためにある』――黒崎さんは、一瞬もためらわなかった……」

「戦争に行かなくたって、そういう教えを守っている人はいる」

工藤は助手席の黒崎の横顔を一瞥《いちべつ》した。それ以上は工藤の口からは言いたくない、と思った。

「ちょっと、昔、グレてましてね……」

ひっそりとした口調で黒崎が言った。

「グレてた……?」

亜希子が訊《き》き返《かえ》す。

「極道者だったんですよ……」

「ヤクザ……?」

工藤は代わりに言った。

「昔の話だ。今は、足を洗ってるんだ」

黒崎はあいかわらず、人生のすべてを諦めてしまったような表情をしている。

彼は、ベルトからリボルバーを抜き出して言った。

「しかし、これじゃあな……」

工藤が言った。

「あんたは、俺たちを助けてくれたんだ。あんたが撃たなければ、彼女は連れ去られ、俺たちは殺されていたかもしれない」

黒崎はすでに、そんなことはどうでもいいようだった。銃に眼をやりながら言った。

「やつら、新しい銃を手に入れたな……」

信号で止まり、工藤は、黒崎が持っている銃を見た。

「スミス・アンド・ウェッソンのタイプM640……」

M640の6はステンレス・モデルを表わす。銃身がガンブルーではなく、ぴかぴかとしたステンレスなのだ。銃身長は二インチ。スナッブノーズと呼ばれるシリーズだ。

「やつら、ベレッタのオートを取り上げられちまったからな……」

「銃を取り上げられ、殴り倒された。そして、警察官がついて病院へ運ばれた。その日のうちに、別の銃を手に入れ、俺をさらいにやって来た……。あいつら、何者だ？」

「聞いてどうしようというんだ？」

「別に……。ただ、やっかいな連中だと思ってな……」

「やっかいだ。CIAというのを知っているか？」

「聞いたことはある。過去の遺物だ」

「そうかもしれない。だが、本人たちにそれを納得させるのは簡単ではないはずだ。事実、彼らは、それを認めたくないがために、あがいている」

「過去の遺物に追い回されている、後ろの娘さんは何なんだ？」

「『グリーン・アーク』という環境保護団体がある。世界的な組織だ。彼女は、そこの本部で働いていた。本部は、マイアミにある。なぜ、彼女がこんな目に遭《あ》っているか、知りたいか?」

黒崎はかぶりを振った。

「いや、知りたくない」

パトカーのサイレンが聞こえた。

「そろそろ、車を捨てないとまずいな……」

工藤が言った。

パジェロは、渋谷を過ぎてそのまま国道二四六に入り、今、大橋《おおはし》を過ぎたところだった。三宿《みしゅく》の交差点を左に入る。比較的交通量が少ない割には道幅が広い。

道の両端が駐車スペースになっている。工藤はパジェロを端に寄せて駐めた。

後ろのハッチを開け、工具箱からドライバーを取り出す。

そして、タイヤでもチェックするような風情《ふぜい》で、素早くナンバープレートを外した。

車検証やその他、パジェロの持ち主が工藤であることを示すものを取り出し、ナンバープレートといっしょに抱えた。

「これで、多少は時間が稼げる」

工藤は歩き出した。

今、彼らは、CIAだけでなく、日本の警察の眼にも気をつけなければならないのだった。

「これからどうするんだ?」

　黒崎が、どうでもいいような口調で尋ねた。工藤は亜希子の顔をちらりと見てから答えた。

「あさって、彼女に会いに、アメリカから客が来る。彼女がその客に荷物を渡せば、すべては終わる。あと二日、生き延びればいいんだ」

「俺は別行動を取らせてもらう」

「なぜだ?」

「CIAなんてやつらを敵に回すのはまっぴらだ」

「なるほどな……」

「車のナンバープレートとキーをくれ」

「何だって……」

「俺は車で行かせてもらう。年のせいで足腰が弱ってきている」

　工藤は立ち止まり、黒崎を見ていたが、やがて、彼の言うとおりにした。

「せっかく外したのにな……」

「姑《こ》息《そく》な時間稼ぎをしてもしようがない」

　黒崎はナンバープレートとキーを受け取ると、代わりにそのナンバープレートで隠すように、スミス・アンド・ウェッソンのリボルバーを差し出した。

工藤は無言でそれを受け取った。M640は五連発。まだ三発残っているはずだった。

「じゃあ……」

黒崎は背を向けてパジェロのほうに向かった。

工藤は反対方向――玉川《たまがわ》通りのほうに向けて歩き出した。

そのあとに続きながら、亜希子は尋ねた。

「どうして黒崎さんはいっしょに戦ってくれないの?」

工藤は歩道を見たまま言った。

「彼は犠牲になるつもりなんだ」

「何ですって……」

「黒崎には前科がある。前科者の資料は警察にそろっているから、それだけ早く手が回る。彼は、ひとりで警察の眼を引きつけようと考えたんだ」

「前科があるんだったら、つかまったら実刑。重い罪になるかもしれない」

「そうだ」

「どうして黒崎さんが、そこまでやらなくちゃいけないの?」

「窮地に追い込まれた女を助けるのは、男の夢なのかもしれない」

工藤は、玉川通りにぶつかると、三軒茶屋《さんげんぢゃや》に向かった。

2

赤毛と金髪のふたりは救急病院に運ばれ、手術を受けた。

その後、すぐに、米大使館の職員だという人間が現われ、眠ったままのふたりを、横須《よこす》賀《か》の米海軍基地にある医療施設へヘリコプターで運んだ。

医者は無茶だと言ったが、米大使館員を名乗る男は、弾を抜いて縫《ぬ》い合わせたのなら、もうどうということはないと言い張った。

その物言いからすると、どうやら軍人のような感じだった。

その男は、青味がかった灰色の眼をしており、髪は砂色だった。

病室で、赤毛が眼を覚《さ》ましたとき、灰色の眼をした男はまだ付き添っていた。

赤毛は、目をしばたたいた。

脇のベッドには金髪の男がいた。金髪はすでに意識を取り戻していた。

「たいした怪我《けが》ではない」

灰色の眼の男が言った。「だが、問題の日までは満足に動けそうにない」

赤毛は、しげしげと相手を見ていた。

「何者だ？」

「私が、君たちの任務を受け継ぐことになった。CIA《カンパニー》では、私のことをショートストップというコードネームで呼ぶことにしたようだ」

「ショートストップ？　コードネームだって……。じゃあ、君は正式なＣＩＡ職員ではなく、雇《やと》われたエージェントなのか？」

「そう。最近スカウトされた」

「ショートストップは、内野《インフィールド》の要《かなめ》だ」

金髪の大男はそう言ってにやにや笑った。

「国外《アウトフィールド》でどれくらい働けるのかな？」

「どこだって、私の縄張り《フィールド》だ」

ショートストップは落ち着き払っていた。金髪の巨漢の、海兵隊出身という優越感になどつき合う気はないようだった。

ショートストップもおそらく、軍人に違いない、と赤毛は思っていた。たしかに、アイビーリーガーの赤毛から見ると、ショートストップも金髪も似たような雰囲気を持っていた。

臭《にお》いが似ている。しかも、ショートストップのほうは、ベテラン兵士の落ち着きを感じさせた。

「君が、あと二日、日本での指揮を執るというのか？」

赤毛が尋ねた。

「そうだ。正式に、指揮権が君から私に移ったことを知らせるつもりで、ここへやって来た」

赤毛は、ショートストップの灰色の眼をじっと見つめていた。やがて、ひどく体に力が入っているのに気づき、吐息をつくとともに、力を抜いた。

彼は言った。

「あとはよろしくたのむ」

ショートストップはかすかにうなずいた。

「傷を治すことに専念することだ」

彼は病室を出て行った。

「チャンスを逃がしたようだな」

金髪の大男が、にやにやと笑いながら言った。

「ああ……」

赤毛は不機嫌そうに言った。「この組織の危機に、手柄を立てれば点数が上がると思ったんだがな……」

金髪は、失笑して見せた。

「あんた、ここで降りてよかったよ」

「なぜだ？」

「点数を稼《かせ》ごうなんて考えているやつは、この世界でうまくやることなんてできない。あのショートストップな……。あいつは本物だ。ああいう男に任《まか》せて正解だ」

赤毛は反論しなかった。

金髪の言うことを認めているのだ。その証拠に、任を解かれた今、彼は安堵《あんど》しているのだった。


黒崎はパジェロを渋谷に向けていた。

渋谷を過ぎると、六本木通りではなく青山《あおやま》通りに入る。

うまくすれば、パジェロを駐車場に戻し、自分は『ミスティー』に戻れるかもしれないと思った。

六本木の書店での発砲事件は、ほんの一瞬の出来事であり、工藤や黒崎は、じつに手際よくその場から逃走した。

目撃者はたくさんいたが、パジェロのナンバーまで記憶している者はあまりいないはずだ。

警察が初動捜査でどれくらいのことをつかむかは、黒崎にはわかるはずもない。人混みの中に、黒崎や工藤を見知っている者がいなかったという保証もない。

だが、多くの場合、発砲事件の犯人はスピード逮捕はされない。ヤクザ者の発砲事件の場合、容疑者が逮捕されるのは、密告のせいか、あるいは、身代わりの自首による。

黒崎はそれを知っていたので、運がよければ、捜査の手から逃れられる、と思っていた。

外苑《がいえん》前を過ぎ、青山一丁目を越える。赤坂《あかさか》支所と公会堂の手前を右に入る。その長い下り坂は、コロムビア通りと呼ばれている。

その坂はTBSの裏手で大きくカーブしており、カーブしたところで急になっている。

その急な坂を下り切ったところの三叉路《さんさろ》を曲がらずにまっすぐ行くと、檜町小学校の正門にぶつかる。

そこから駐車場まではすぐだし、駐車場から『ミスティー』までも、歩いてそう遠くはない。

そのあたりまで来ると、黒崎はついほっとしてしまう。帰って来たという感じがするのだ。

小学校の正門のところを左折して、檜町小学校前の交差点に出る。右折のウインカーを出した。

檜町小学校前の交差点は、直角に交差しているのではない。

黒崎から見て右折のほうが鋭角になっており、交差点の先が見わたせなかった。

信号が変わり、黒崎は右折しようとした。そのとき、彼は、思わず舌打ちしていた。

乃木坂通りの反対車線で、警察の検問が行なわれていた。

まさに、黒崎がパジェロを入れようとしていた駐車場の前だ。

（CIAは、警察に情報を流したのかもしれんな……）

黒崎はそう思った。

今さら引き返すことはできない。そのまま通り過ぎるしかなかった。直進する。検問を右手に見て、駐車場の前を通過した。

歩道橋があり、それを潜《くぐ》ったとき、パトカーのサイレンが聞こえた。

サイドミラーに、パトカーの回転灯が映った。

検問所にいたパトカーが、Uターンして追って来たのだった。

パトカーは拡声器で命じた。

「前のパジェロ。車を左に寄せて停まりなさい」

黒崎は、小さく溜《た》め息《いき》をつく。

彼の眼は、あくまで冷たく無表情だった。黒崎は、もう人生に何も期待していないような風情だ。

その表情のまま、アクセルを踏んだ。

パジェロが加速する。

パトカーがけたたましいサイレンを鳴らして追走し始めた。

乃木坂を登り切ったところで、車が詰まっていた。赤信号だ。

黒崎は反対車線へ出ようとしたが、外苑東通りから左折して来たベンツが正面から迫って来て、行く手を遮《さえぎ》られた。

ベンツは急ブレーキを掛け、黒崎も、一気にブレーキを全力で踏みつけた。

バンパーとバンパーが、あと五センチというところで、ベンツとパジェロは急停止した。

正面衝突はあやうく避けられた。

ベンツの運転席のドアが開き、紺色の襟つきブルゾンのスーツに、パンチパーマといった恰好の若者が飛び出して来た。

彼はすさまじい剣幕《けんまく》でパジェロの運転席に近づき、口ぎたなく罵《ののし》った。

一般のドライバーなら震え上がっているはずだった。だが、黒崎は涼しい顔をしていた。

黒崎は、ギアをニュートラルにして、サイドブレーキを引いた。車はエンストしていた。

「降りろ、てめえ！」

パンチパーマの若者は怒鳴った。

黒崎はうるさそうに若者を見た。何ごとかわめきかけていた若者はその眼を見て、一瞬、黙ってしまった。

彼はヤクザ者の世界で生きているので、貫目《かんめ》の違いを感じ取ったのだ。

黒崎は、その底光りのする眼で若者を見据《す》えたまま、言った。

「すまねえな」

パトカーが停《と》まった。

警察がばらばらと三人降りて来て、パジェロのまわりを取り囲んだ。

パンチパーマの若者は、黒崎の眼光にまず驚き、パトカーと警官に、また驚いた。

黒崎は麻布署に連行されて取調べを受けた。かつて入ったことのある取調室の雰囲気を、彼は覚えていた。

どこの警察署でも、似たような雰囲気だ、と彼は思った。彼は、若い時代に幾度となく取調室を経験している。

彼にとって取調室というところは、調書を取られるところではなく、拷問を受ける場所だった。

刑事たちは、顔は殴らない。

はっきりとした跡が残るからだ。若いころ、黒崎は、両手を押さえられ、執拗《しつよう》に腹を蹴られ続けたことがある。

腹に一定の衝撃を受け続けると、体力がたちまちなくなり、うんざりとした気分になってくる。

そのうち、寂寥《せきりょう》感がやってきて、泣きわめきたくなるのだ。

膝を蹴られたこともあれば、金的の急所を蹴り上げられたこともある。

それでも、取調室内で行なわれることなどまだいいほうだった。

黒崎は時には、術科を行なう道場に連れて行かれた。術科というのは、柔道、剣道などの体練をいう。

道場では、複数の刑事に寄ってたかって、投げられ、殴られ、蹴られ、踏みつけられ、そして竹刀《しない》で突かれた。

とくに、麻薬がらみの事件で逮捕されたときには、この拷問はすさまじかった。

黒崎の稼業の上での親は、麻薬を扱っていなかった。暴力団といわれる中にあって、珍しい任俠《にんきょう》の徒だった。

だから、黒崎も麻薬に関《かか》わったことはない。明らかに誤認逮捕なのだが、刑事たちはかまわず拷問をする。

黒崎はそういう目に遭ってきた。だから、取調室で、どういう態度を取ればいいか知っていた。

刑事に媚《こ》びるのは愚かだ。反抗するのはもっと愚かだ。

淡々と、しゃべれることだけをしゃべればいいのだ。それが一番いい。

黒崎は尋ねられるままに、本名と住所を言った。

すぐさま犯罪記録のコンピューターで照合され、彼の犯罪記録がはじき出されるはずだった。

「銃を撃ったのはおまえだな」

刑事のひとりが言った。

 刑事がふたり、記録係の制服警官がひとりいる。

 黒崎は、まっすぐ前を見て、背筋を伸ばしていた。警察というのは、軍隊のような気質がある。

不思議なことに、旧軍隊のような軍人気質は、自衛隊より強いといわれている。黒崎のこういう姿勢は、彼らにとって不快なものであるはずがない。

黒崎は答えた。

「そうです」

嘘《うそ》をついても、手の硝煙《しようえん》反応を調べればすぐにわかってしまうのだ。

「銃はどこで手に入れた」

「あのとき、相手の外国人が持っていました」

「なぜ撃った?」

「あのとき、連中に威《おど》されてましたから……。命の危険を感じまして……」

「なぜ、威されていたんだ?」

「わかりません。私は、昨夜、彼らに誘拐されました。そして、今朝、彼らは、私を連れ出し、あの書店へ連れて行きました。理由はわかりません。説明されませんでした」

「そんなふざけた話があるか？　何のために外国人がおまえを誘拐しなきゃならんのだ……」

「事実ですから……」

そのとき、ドアをノックする音が聞こえた。脇《わき》に立っていた若い刑事が戸口へ行く。外から別の刑事が、その若い刑事に、ひそひそと何事か話をしていた。

黒崎はあいかわらず、まっすぐ正面の壁を見つめている。向かい側にいる刑事は、その黒崎の顔を睨《にら》みつけていた。

戸が閉まった。若い刑事が、黒崎の向かい側の刑事に近づき、何ごとか耳打ちした。そして、薄っぺらい紙をクリップで止めたものを手渡した。

その間も、黒崎はまったく表情を変えなかった。

刑事は渡された書類を読み、あらためて黒崎を睨みつけた。

「おい、ゆうべ、あんたの働いている店でちょっとした騒ぎがあったそうじゃないか」

黒崎の名前を照合したら、昨夜の記録もいっしょに出て来たのだろう。昨夜の事件は赤坂署の案件だった。

「あんたが雇っている男が、三人の外国人を畳んじまったって……？　あんたがさらわれたってのは、その報復か何かじゃないのか？」

「そうかもしれません。やって来たのは、やられた男たちでしたから」

刑事が奇妙な反応を見せた。

まるで、黒崎が初めて口をきいたかのような表情だった。

「同じ男が戻って来たって……?」

「そうです」

「……で、三人の外国人をやっつけた男は?」

「消えました」

「消えた……? 報復にやって来た男たちはその男に会わなかったんだな?」

「会いませんでした」

「おまえは、そのとばっちりを食ったというわけか……」

黒崎は慎重に言った。

「私にはわかりません」

刑事は、じっと黒崎を見ている。

黒崎は、話が望ましい方向に行っているような気がしていた。この刑事が、ゆうべの出来事について、飲み屋の喧嘩《けんか》のような印象を持ってくれれば、話は簡単なのだ。

刑事は苛立《いらだ》たしげに溜め息をついた。

「調子のいいおしゃべりはそれまでだ」

刑事が言った。「おまえが乗っていた車はその三人を叩きのめした男のものだ。おまえが雇っている男だ。名前は工藤兵悟。そして、工藤兵悟には誘拐の容疑がかけられている」

黒崎は刑事の顔を見た。

さすがに、正面の壁を凝視してはいられなかった。

刑事の言っていることが理解できなかった。

「誘拐されたのは、私ですよ……」

黒崎は言った。刑事は、声を大きくした。

「おまえを取引きに使おうとしたんだよ」

「取引き……」

「おまえの店へ行ったのも、今日、おまえに撃たれたのも、れっきとしたアメリカ合衆国の司法関係者だ」

刑事は、アメリカ人のことを、警察官とは言わなかった。彼も正式な身分は知らされていないのだった。知らせるはずはない。

黒崎はわけがわからない、といった表情で、じっと刑事の顔を見つめていた。

刑事は声を落として言った。

「工藤兵悟は、アメリカから来日した水木亜希子という女性を誘拐した容疑がかけられているんだ」

黒崎は何も言わなかった。何が何だかさっぱりわからないという表情のままだ。

「ゆうべおまえの店へ現われた三人、そしておまえに協力依頼した男たち——つまり、おまえが撃った男たちは、水木亜希子を救出するためにアメリカからやって来たんだ。捜索を依頼したのは、彼女が勤めていた『グリーン・アーク』という団体だそうだ」

さすがの黒崎も困惑していた。誰《だれ》かがシナリオを書いている。彼はそう思った。

もちろん敵の誰か——CIAの誰かだ。

「腹が立つんだがな——」

刑事が言った。「おまえは、アメリカ大使館の関係者から尋問を受けねばならない」

そんなはずはない——と黒崎は口まで出かかった。もし、水木亜希子が誘拐されたのだとしても、彼女は日本人だ。そして、工藤が誘拐犯だとしても、それは日本で起こった事件だ。アメリカ大使館の出る幕ではない。

しかし——と彼は考え直した。相手は大使館ではなくCIAなのだ。

刑事が若いほうの刑事に合図をする。若い刑事は戸口へ向かった。

戸口が開く。

別の男が入って来た。黒崎は、そちらを見た。

青味がかった灰色の眼、砂色の髪——ショートストップがそこに立っていた。

3

ショートストップは名乗らなかった。

彼は通訳を伴《ともな》っており、通訳を通して尋問を始めた。

彼は写真を取り出した。

「これは、工藤兵悟ですね？」

通訳がショートストップの言葉を翻訳する。

たしかに工藤だった。

だが、黒崎は、奇妙な印象を受けた。工藤は変哲《へんてつ》もないダンガリーシャツにジーパンという姿だが、ひどく暑い場所に立っているように見えた。

背景は殺風景だった。

岩山が点々とあり、その周囲は白っぽい大地だ。草木が生《は》えている様子はない。砂漠のような景色だ。

黒崎はその写真を初めて見た。

（この男は、写真をどこで手に入れたのだろう）

黒崎は考えた。

（留守中に、警察が家宅捜索でもやったのだろうか……）

それしか考えられない。

ショートストップがもう一度、同じことを尋ねた。

「はい」

黒崎はうなずき、答えた。

「工藤兵悟と水木亜希子は、現在、いっしょに行動していますね?」

「はい。しかし……」

ショートストップが鋭く何かを言って黒崎を遮った。

通訳が言う。

「訊かれたことだけに答えてください」

黒崎は仕方なく、うなずいた。

刑事たちが部屋の隅《すみ》で、冷ややかにその様子を眺めている。

質問が続いた。

「昨夜、工藤兵悟と水木亜希子は姿を消した。そして、けさ、あなたは、わが合衆国の警官とともに彼らと接触しましたね?」

短い間。

黒崎は「はい」と言うしかなかった。

「わが政府の警官は、工藤兵悟に対し、あなたと水木亜希子の人質交換を申し入れた。しかし、工藤はおとなしくそれには従わなかった。そうですね」

「はい」

「そして、そのとき、あなたは工藤兵悟と共謀してアメリカの警官に抵抗した。その際に、アメリカの警官二名に対して発砲し、重傷を負わせました。間違いないですね?」

「銃を撃ったのは事実ですが、工藤と共謀して、というのは正確ではありません」

ショートストップは、灰色の冷ややかな眼を黒崎に向けた。

そのとき、黒崎は、このアメリカ人に対して不思議な印象を持った。どこかで出会ったことがあるような気がしたのだ。

もちろん会った記憶などない。それはほとんど既視感《デジャヴ》のような感じだった。

「では、どういうことなんだ? なぜ君は、アメリカ政府の警官を撃った?」

「アメリカ政府の警官」というのは妙な言い方だと黒崎は思った。

このとき、通訳は巧妙なレトリックを使っていた。

日本の警察官に対する印象を考えて、警官と訳していたが、ショートストップは「オフィサー」と言っているのだった。

これは誤訳ではないが正確でもない。その点を通訳は利用しているようだった。

アメリカ英語では、役人も警官もオフィサーなのだ。

黒崎は答えた。

「私が撃ったのは、自分の身を守るためです。私は、あなたの言うアメリカの警官に昨夜拉致《らち》されました。彼らが銃を持っているのを私は知っていましたが、彼らが、警官であることを私は知りませんでした。私は、身の危険を感じたのです」

「彼らは、君も工藤の仲間だと考えていたのだ。私は今でもそう思っているがね」

ショートストップは、黒崎から眼を逸《そ》らして書類を見た。

黒崎ほど肝《きも》のすわった男が、ショートストップの視線が逸れたことでほっと安堵した。

（この男は、ただの役人などではない）

黒崎は思った。（おそらく、何人もの人間を殺したことがある）

ショートストップが質問を再開した。

「君と工藤兵悟は水木亜希子を連れて、工藤の車でいっしょに逃走した。そうだね？」

どこかずれている。しかし、事実をなぞっている。

そういう質問の内容ばかりだった。

「はい」

黒崎はようやくわかった。

今起こっていることの筋書きを作ったのは目の前にいるこの灰色の眼をした男なのだ。

「工藤兵悟は、車をあなたにあずけ、水木亜希子を連れ去った。工藤兵悟はどこへ行ったのだ？」

「知りません」

「あなたは、どこで工藤兵悟と別れたのです?」

「世田谷《せたがや》の路上です」

「セタガヤ……?」

ショートストップが通訳と黒崎の間に入った。通訳は世田谷が東京の区を表わす地名だと説明した。

「世田谷のどこだ?」

「三宿のあたりです」

黒崎は正直に答えた。

警察とCIAの組織的な捜査能力の前では、嘘やごまかしはあまり意味がない。彼らはすでに、札《カード》を持っているのに、知らん振りで質問をしてきたりする。

そして、黒崎は、工藤の判断力を信頼していた。いつまでも、三宿あたりでうろうろしているとは思えなかった。

刑事のほうで動く気配がした。

黒崎は、そちらのほうは見なかったが、視界の隅のほうでその動きを捉えていた。若い刑事が部屋を出て行った。

ショートストップはそれを気にしていない様子だった。

「そこから工藤兵悟はどこへ水木亜希子を連れ去ったのだ?」

「知りません」

「正直に言わないと、あなたの罪は重くなる」

「知りません」

「どうやって工藤兵悟と連絡を取り合うんだ?」

「連絡など取り合うことはありません」

「嘘はつかんほうがいいと言ってるんだ」

「本当のことを言っています。工藤と私は、何も相談していないし、協力して犯罪をはたらいたりはしていません」

「工藤兵悟は水木亜希子を誘拐した。そしてあなたは、それを助けて、アメリカの警官ふたりを撃ったのです。日本ではそうではないらしいが、アメリカは、警官殺しは死刑です。それくらい警察の面子《メンツ》を重んじるのです。もし、日本の警察が許しても、われわれは、あなたの罪を許さない」

「正当な防衛行為でした。あのアメリカ人たちは、私たちに身分を告げませんでした」

ショートストップは、この黒崎の一言に耳を貸す気はなさそうだった。

彼は、刑事に向かって何事か言った。通訳がそれを翻訳した。

「こういう素直じゃない容疑者を取り調べる場合、日本の警察はどうするのですか?」

刑事は答えた。

「世界中、どんな国でも警察のやることはあまり変わらんと思いますよ」

本質的にはナチスの親衛隊だ。良くも悪くも、それが警察の役割なのだ。警察が犯罪を取り締まるのは、犯罪が反国家的な活動のひとつだからだ。

ショートストップはうなずいた。

「それは、あなたたちにまかせることにしましょう」

刑事はそれを聞くと答えた。

「さきほどの言葉を撤回していただきますよ。あなたはこう言った。もし、日本の警察が許しても、われわれは、あなたの罪を許さない――。私ら日本の警官だって許しはしませんよ」

刑事は若い刑事と制服警察官に言った。「道場へ連れて行け」


工藤は、常に人混《ひとご》みを利用して動いた。

三宿の交差点からは、東急新玉川《しんたまがわ》線の三軒茶屋駅にも池尻大橋《いけじりおおはし》駅にもほぼ同じくらいの距離だが、工藤は三軒茶屋を選んだ。

三軒茶屋は急行も停まる駅であり、東急世田谷線への乗り替え駅でもある。乗降客はこちらのほうが多いはずだった。

工藤はゲリラ戦のエキスパートだった。

ゲリラ戦の最大の秘訣《ひけつ》は、身を隠すことだ。彼は、ジャングルのゲリラ戦も数多く経験したが、都市のゲリラ戦の経験も豊富だった。

その結果、両者は共通していることがわかった。

兵士の中には、そうではないと主張する者もいる。ジャングルでの戦い方と、都市での戦い方はまったく違う。それぞれのマニュアルに従うべきだというのが彼らの言い分だ。

それは必要なことだと、工藤は認めている。とくに新兵や、軍隊経験の浅い者、そして、徴用されて兵役についている兵士には必要だ。

しかし、軍隊生活そのものが、生き方になっているような男たちには、必ずしもそのようなマニュアルは必要ではない。

プロフェッショナルの軍人は、それぞれの戦闘パターンを持っており、そのパターンを作戦の中にうまく織り込むことができるのだ。

工藤はゲリラ戦の本質を早いうちにつかんだ兵士だった。

自分の身を隠すために利用できるものは何でも利用する。そして、常に敵の意表を衝《つ》くのだ。

ジャングルの木々であっても、ブッシュであっても、砂漠の砂であっても、また、都市の建物であっても、人混みであっても――ゲリラ戦には何でも利用できる。

工藤がそのことに早く気づいたのは、忍者のことをよく知っていたからだろう。アメリカでブームになったオカルトじみたニンジャではなく、本物の忍者のことを彼は知っていた。

少年時代に、かなりマニアックに忍者に関するものを読んだせいだった。

隠れることの本質は気配を消すことだ。

忍者小説や忍者マンガなどでは、よくこの「気配を消す」という表現が使われる。工藤はそれがどういうことか、長い間わからなかった。

だが、あるとき、それを悟った。

ジャングルの中で、敵を待ち伏せしているときのことだった。

仲間が散開《さんかい》している。そのとき工藤は、どこにいるかがすぐわかる仲間と、そうでない仲間がいることに気づいた。

そして、すぐに見つかる者は、じつに人間臭い仕草をしているのに気づいた。

それに対して、なかなか見つからない者は、まるで木のようだった。工藤はそう感じた。

そのときに、「気配を消す」ということの意味がわかった。

問題は意識の流れなのだった。見つかりやすい仲間は、まわりの樹木とまったく異質の意識を持っている。だから、行動は異質になってつい目立ってしまうのだ。

見つかりにくい仲間は、意識が樹木と同化している感じなのだった。素質もあるのかもしれないが、そういう修練も大切だ。

老練なマタギは、一本の木と完全に意識を同化させることができるという。そうすると、林の中では、そのマタギがどこにいるのかまったくわからなくなる。

『木化《きば》け』と呼ばれる技法だが、嗅覚《きゅうかく》や聴覚が鋭い熊《くま》までをも惑わすことができるといわれている。

今、工藤は、人混みに意識の流れを合わせていた。

人混みの中で、ひとりだけ周囲をきょろきょろしていれば自然と目立ってしまう。浮いて見えるのだ。

つまりゲリラの技術には、いかに「浮かない」でいられるか、ということが大切なのだった。

亜希子も、うつむき加減でひっそりと工藤のとなりを歩いていた。

ふたりの歩調は速くもなく遅くもなく、完全に人の流れに乗っていた。

「どこへ行くの?」

亜希子はそっと工藤に尋ねた。

工藤は、路線図を見上げた。赤坂のホテルの部屋は取ったままだ。荷物もそこに置いてある。

しかし、おそらくホテルには監視がついているだろう。

いきがかり上、チェックアウトもせずに出て来たが、もうホテルに戻るわけにはいかなかった。

亜希子のスーツケースをはじめとする荷物は警察が押さえているはずだった。

工藤は慎重に尾行をチェックした。立ち止まって商店のウインドウを利用するなど、基本的なテクニックをすべて使った。

今のところ、尾行や監視がついている様子はなかった。

書店で完全に尾行や監視を振り切ったのだ。だとすれば、CIAは、夢中で足取りを追っているはずだ。

（彼らにとって、残された手掛かりは、ホテルと『ミスティー』だ）

工藤は思った。

CIAは、ホテルと工藤の住居の周囲をがっちり固めるしか今のところは手はないはずだと工藤は考えた。

（あのホテルにも、『ミスティー』にも戻れない）

一方、もうひとつ学んだことがあった。

ホテルにいる間は、彼らは一切手出しをしなかった。手が出せなかったことを意味している。

やはり、都市の中のホテルというのは安全な避難場所なのだ。

暗殺をしようというのなら手はあるだろう。極端な例を上げると、ホテルごと爆破する方法だってある。

だが、CIAは、亜希子を生きたまま捉えたがっているようだ。

「電話をかけに行こう」

工藤は、亜希子の腕を取って売店のそばに並んでいる公衆電話に近づいた。

けっして彼女をひとりで立たせたりはしなかった。

工藤は、電話帳で新宿のシティーホテルのひとつに電話をして、予約を取った。世界的に名の通ったホテル・グループが経営するホテルだ。

そして、亜希子に、新宿へ行く、と伝えた。

新玉川線で渋谷まで出て、JR山手《やまのて》線に乗り替えるのだ。

車での移動に比べ、電車での移動は尾行を撒《ま》きやすい。姿をくらますのに利用するものが多いし、行動の自由も利く。

工藤は用心に用心を重ねた。やって来た電車を一台やり過ごしてホームの様子を見、次の電車の発車間際に飛び乗った。

亜希子は、エドの訓練を受けているだけあって飲み込みが早かった。彼女は、すぐに工藤のさまざまな工夫の意味を理解し、彼の指示に従った。

渋谷駅でも同様のチェックを行なって電車に乗った。

新宿に着くと、人の波に乗って西口へやって来た。そこからタクシーを使う。

午前十一時半。チェックインの時間まではまだ間があった。

ホテルに着いたふたりは、レストランで食事をすることにした。

朝から何も食べていない。腹は減っているはずだ。だが、いっこうに食欲が湧《わ》いてこない。

緊張のせいだった。

亜希子も同様のようだった。彼女はまったく化粧っ気がなかった。

それでも美しかった。よく焼けた健康そうな肌は、ファンデーションの必要がなかった。

アクセサリーの代わりを、よく光る瞳が果たしていた。

だが、さすがに消耗しているようだった。

「時には食べるのも戦いのうち――」

亜希子が言った。「エドにそう教わったことがあるわ」

「そのとおりだ」

工藤はメニューを見た。

どんなに疲れているときでも、どんなに緊張しているときでも、必ず食欲を刺激してくれるものはあるはずだ。

それを冷静に探すのだ。

じっと寝ていればいいようなときは、食欲がなければ食べなくてもいい。だが、今はそうはいかない。食べなければ参ってしまう。

工藤は、亜希子と自分に、一杯のビールを許した。

一杯のビールの効果はすばらしかった。緊張がほぐれ、胃が働き出した。

工藤は消化のいいパスタを注文することにした。ウニを練《ね》り込んだトマトソースのスパゲティーだ。

亜希子はメキシコふうの豆料理を注文した。肉が煮込んである。

アメリカ西海岸あたりでよくお目にかかる料理だった。

スナック・バーふうのレストランなのでいろいろなものがそろっている。メインのダイニングは別にある。

食後のコーヒーを飲み、一時半にチェックインした。

工藤はいつものとおり、部屋をチェックした。亜希子はもうその姿を笑わなかった。

やはりスイート・ルームを頼んでいた。経費は後から請求すればいい。金より生命《いのち》が大切だ。

工藤が部屋の安全をたしかめ終わると、亜希子はベッドに倒れ込むようにして、やがて眠った。まだ時差の影響があるようだ。

工藤も疲れていた。一杯のビールが効いている。

彼もソファーに横になった。

部屋に落ち着いた安堵感のせいもあり、たちまち眠った。

三時間半ほど眠ったようだった。

目を覚ますと、午後五時を過ぎていた。

ドアの下の隙間《すきま》に夕刊が入っている。

工藤は急いで新聞を開いた。

社会面に、六本木の書店での発砲事件が報じられていた。被害者の身分・氏名は載《の》っていない。

そして、黒崎がスピード逮捕されたことが報じられている。

犯行の動機その他は不明で、警察で追及中と、記事には書かれている。

工藤の表情がわずかに暗くなった。

4章　公開捜査

1

若い刑事がいきなり黒崎を背負って畳に叩《たた》きつけた。

警視庁の柔道はすこぶる荒っぽい。スピード最優先のスポーツ柔道とは違う。相手に受け身など許さない。文字どおり、相手を畳に叩きつけるのだ。

黒崎はそれをいやというほど知っていた。若い頃《ころ》の経験が、彼をパニックから救っていた。

人間は、何をされるか予測がつけば、少なくとも心理的な苦痛は半減する。警察の道場でこうしたリンチに近い尋問を受けると、たいていは絶望的な気分になる。

警察は暴力から市民を守ってくれるものだという認識がある。それが、あっさりと否定されるのだ。

助けてくれる者は誰《だれ》もいない。

肉体的な苦痛もさることながら、その驚きと不安で参ってしまうのだ。

黒崎は若い頃に、今と同様の目に何度か遭《あ》っている。

（警察のやることは変わらんな……）

そう思ったに過ぎない。

しかし、肉体は当時に比べ確実に年を取っていた。

刑事たちのリンチはこたえた。もう切った張ったの年ではないことを痛感した。

畳の上で、黒崎は弱々しくもがいた。

投げられたとたん、一瞬、息ができなくなる。全身を打った衝撃というのは、普段あまり経験することがないので、たいへんこたえる。

まだダメージが去らないうちに、若い刑事は黒崎のベストを両手でつかんで引き立てた。

黒崎はほとんど持ち上げられるようにして立ち上がった。

取調室に入るときに、ベルトは取り上げられている。

若い刑事は、ベストをつかんだまま、膝車《ひざぐるま》で再び投げた。

今度は横向きに投げ出される。腰を打った。思わず畳の上で海老《えび》反りになる。

「タフなおっさんだな……」

若い刑事が言う。

取調べを担当していた刑事が、しゃがんで、黒崎の顔をのぞき込む。

「誘拐ってのはな、罪が重いんだ。刑法二二五条だ。『営利、猥褻《わいせつ》又ハ結婚ノ目的ヲ以《もっ》テ人ヲ略取又ハ誘拐シタル者ハ一年以上十年以下ノ懲役ニ処ス』ってんだ。そんな犯罪の片棒を担《かつ》ぐのは割に合わないんだよ」

黒崎は喘《あえ》ぎながら、どうにか言った。

「私は何も知らない。巻き込まれただけだ」

「何も知らない男がアメリカの警官を拳銃で撃つのか?」

「彼らは警官だとは言わなかった。私は昨夜、彼らに力ずくで拉致《らち》されたんだ」

「そんな言いわけは通用しないと何度言ったらわかるんだ。おまえは、工藤兵悟といっしょに本屋から逃げた。そして、逮捕されたとき、工藤の車に乗っていたんだ」

「工藤は誘拐などしていない」

「寝言《ねごと》など聞きたくない」

中年の刑事は立ち上がり、若い刑事に目で合図した。

若い刑事はうなずいて、また黒崎を無理やり立たせた。

そしてまた背負い投げで投げようとした。

「待《ウェイト》て」

ショートストップが言った。

若い刑事は、動きを止めた。

それまで黙って見ていたショートストップが、何か言った。通訳がその言葉を伝える。

「その男はなかなか強情だ。私にやらせてくれないか?」

ふたりの刑事は無言でショートストップを見た。

ショートストップは、道場の隅からゆっくり黒崎に近づいて来た。黒崎は、その不気味な灰色の眼《め》を見つめた。

そのとき、また、不思議な感じがした。例の既視感《デジャヴ》のような感じだ。

(この男に会ったことがあるような気がする)

そして、黒崎はその理由に気づいた。

この灰色の眼をした男は、工藤と雰囲気が似ているのだ。

髪の色も違う。眼の色も違う。体格も違えば肌の色も人相も違う。

だが、黒崎は、このアメリカ人が、工藤によく似ているような気がした。

ショートストップは、ふたりの刑事に言った。

「この男が動かないように、両側から押さえていてくれ」

通訳がそれを伝える。

刑事たちはアメリカ人に命令されるのが面白くないような顔をした。その態度を隠そうともしない。

だが、彼らの反抗はそこまでだった。ふたりの刑事は、このアメリカ人に協力することを上の者から命令されているのだ。

彼らは言われたとおりに、両側から黒崎の腕をしっかりと取った。

中年の刑事が言った。

「痕《あと》が残るようなことはやめてくれ。弁護士に見られると何かとうるさいんでな」

ショートストップはうなずいた。

彼は、黒崎の頬《ほほ》をぴしゃりと張った。

「顔はまずい」

刑事が言う。

ショートストップは黒崎を見たまま言った。

「だいじょうぶ。痕は残らない」

ショートストップは手を返して、反対の頬を張る。往復ビンタというやつだ。

言葉どおり、力を入れているようには見えない。ビンタを張られても口の中を切ることがあるが、ショートストップがやっているのは、それほど強いものではなかった。

ぴしゃり、ぴしゃりと小さな音が出る程度だ。

刑事たちは、ぽかんとその様子を眺めている。

ショートストップは、往復ビンタを続けて打ち始めた。一定のテンポで続ける。

ぴしゃり、ぴしゃりと左右の頬を、機械のように張り続けるのだ。見る者は、これが何になるのだろうと疑問に思う。

しかし、これはきわめて有効な拷問なのだ。やられてみるとわかるが、自律神経がたちまち悲鳴を上げ始める。

心理的なパニックに陥《おちい》るのだ。

黒崎は喘ぎ始めた。呼吸が荒く浅くなる。

それでも、ショートストップはぴしゃり、ぴしゃりと続ける。

「やめてくれ……」

ついに黒崎は言った。

だが、ショートストップはやめない。続けながら言った。

「私は、工藤の居場所を知りたいのだ。あるいは、彼と連絡する方法を……」

「知らん。本当だ。工藤とは三宿で別れた……」

黒崎の額《ひたい》に汗の玉が浮かんだ。その汗がしたたり始める。

ショートストップが頰を張るたびに、その汗が飛び散るようになってきた。

黒崎の体ががくがくと震え始める。彼は、自分が発狂するのではないかと思った。

修羅場《しゅらば》をくぐったことは何度もあった。だが、こんな気分は初めてだった。

彼の眼は赤く充血している。

ふたりの刑事は、気味の悪いものを見るように、黒崎とショートストップを眺めている。

ショートストップは打つのをやめた。

がくりと黒崎の膝から力が抜けた。

ショートストップが言った。

「本当に知らんようだな……」

通訳がそれを刑事に伝える。中年の刑事は言った。

「なに、長期戦に持ち込めば必ず落ちる。吐かせてみせるさ」

ショートストップはつぶやいた。

「時間がないんだ」

通訳は機転を利かせて、それを訳さなかった。

しかし、それくらいの英語は刑事たちにもわかった。

「時間がないとはどういう意味だ」

ショートストップに言った。

「こちらのことだ。この男が居場所を知らないとしたら、手はひとつだ。公開捜査にして一般市民からの情報を集める」

「人質が危険にさらされる」

「現在でも充分に危険だ」

「しかし、われわれにそれを決定する権限はない」

「心配ない。それはこちらで手配する。君たちは、その男を逃がさないように見張ってくれればいい」

ショートストップは、背を向けると、道場から出て行った。もう黒崎には何の興味も持っていないようだった。

ショートストップと通訳が出て行くと、ふたりの刑事は黒崎から手を離した。

黒崎はその場に崩れ落ちるようにすわり込んだ。ぐったりとしている。

若い刑事が言った。

「あいつ、何様《なにさま》のつもりなんでしょうね……」

中年刑事が答える。

「まだ日本を占領しているつもりなんだろう」

黒崎は、ショートストップを恐ろしい男だと思った。CIAというのは、警察などとは生きている世界が違うのだということを、心底思い知らされた。

工藤は、あんな男を敵に回すのか――黒崎は思った。

彼は自由を奪われた。じきに、過去の犯罪記録が刑事たちの手元に届くだろう。それは刑事たちを喜ばせる材料のはずだ。

(悪いがここまでだ)

黒崎は心の中でつぶやいた。(もう手を貸すことはできそうにない)

「時間がない」

ショートストップは通訳の男に言った。通訳の男は、CIA東京支局の現地人スタッフだ。「工藤と水木亜希子の居場所さえわかれば、私が何とかする」

「そうですね」

通訳の男が言う。「あなたなら、何とかできるでしょう。われわれの切り札なのだから……」

「情報によると、亜希子がアメリカからの客に荷を手渡すのは、明後日《あさって》だ」

「そう……。そして、やっかいなことに、そのアメリカの客というのが何者か、はっきりとわかっていない……」

「どうかな……」

「はあ?」

「諜報局《ちょうほう》ではそれをつかんでいるかもしれない」

「では、なぜ作戦局の秘密活動部にその情報が流れて来ないのです?」

「局の外に情報が洩《も》れるのをおそれて、極度に管理を強めているせいかもしれない」

「そんなおかしな話はありません」

「CIAといっても一枚岩ではないのさ。外部の人間から見るとそれがよくわかる。今回のこの作戦は、作戦局が中心になっている。だが、保安室の連中には知られたくない」

保安室は総務局の下にあり、庁内の警察のような組織だ。

「しかし、この作戦はCIAの生き残りをかけた作戦だと聞いております」

「そうだな……。別な解釈も成り立つ」

「どんな?」

「諜報局では、その情報を手にした。水木亜希子が誰と会おうとしているのかを知った。だが、その人間には手が出せない、と判断し、黙殺した。つまり知らないことにした」

「そんなことって……」

「あるさ。だがな、それはどうでもいい。私は私の仕事をやるだけだ」

通訳は少しばかり鼻白《はなじろ》んだ。しかし、彼は考え直して言った。

「そうですね」

「警視庁へ行く」

「はい」

通訳の男は、右手でハンドルを握り、左手でセレクターレバーをドライブに入れた。

工藤と亜希子は夕食をルームサービスで取った。

アメリカからの客が来るまで、籠城《ろうじょう》を決め込むのだ。それが最も安全だった。

CIAでは、まだこのホテルを突き止めていない。万が一知られたとしても、ホテルの部屋に閉じ籠《こ》もっている限り、おいそれと手は出せない。

工藤はテレビを点《つ》けっぱなしにしていた。情報を集めるためだ。

まだ、六本木の書店での発砲事件に関する続報や詳報はない。明らかに捜査情報が管理されている感じだった。

亜希子はシャワーを浴びたが、ごく手早く済ませ、バスルームから出て来たときには、身仕度を整えていた。フロッピーを裏に縫い込んだコットンパンツを穿《は》いている。

いざというときにはすぐに逃げ出すことができる。

工藤はシャワーを浴びなかった。

急げば三分で浴びられる。だが、その三分が命取りになるかもしれないのだ。

多少汗臭いくらいはどうということはない。亜希子にもその点は我慢してもらうことにした。

工藤は、多少ではあるが、くつろいだ気分になっていた。

ソファーに身を投げ出し、テレビを眺めている。ソファーには例によって寝床が作ってある。

亜希子が、ダイニングテーブルの椅子《いす》にすわって、いっしょにテレビを見始めた。

十時になり、ニュース・ショウが始まった。

トップのニュースは、つい今しがた入って来たものだとキャスターが前置きして話し出した。

誘拐事件のニュースだった。これまで警察は人質の安全を考慮して秘密捜査を進めてきたが、犯人から要求らしい要求もなく、進展がないので公開捜査に踏み切った、ということだ。

工藤と亜希子は、容疑者と人質の名を聞いて天地がひっくり返るような気分を味わった。

容疑者の名は工藤兵悟。人質の名は水木亜希子。

テレビには、工藤の顔写真が映し出された。

「どういうこと？……」

亜希子がすっかり動揺して尋ねた。

「やつら警察をとことん利用する気だ。俺《おれ》を誘拐犯に仕立てたんだ」

工藤は立ち上がった。

おそらく、誘拐の報道は、この番組がトップだろう。キャスターが、番組冒頭に、今しがた入ったニュースだと言っていた。

「どうするの？」

「ここにはいられない。すぐに出る」

今ならまだ、ホテルのフロントはニュースを知らないかもしれない。

こんなことになるとは思わなかったし、カードを使うつもりだったので、本名でチェックインしていた。

「あたしが警察に電話するわ。誘拐されたんじゃないって……」

「問題は誘拐事件かどうかじゃない。やつらは俺たちの居場所を知りたいだけだ。警察は利用されているだけなんだ」

「冗談じゃないわ」

工藤はすでにドアに向かっていた。

「早く」

亜希子は何ごとか言いかけたが、すぐに諦《あきら》めて工藤に従った。

人の目というのは馬鹿にはできない。どこでどんな人間に見られているかわからないのだ。

今のニュースを見た男がホテルの廊下やロビーにいないとは限らない。

時間が経《た》てばそれだけ危険は増す。

エレベーターでいっしょになる人にも気は許せない。

ロビーへ降りたとき、亜希子はささやいた。

「このまま外へ出る?」

工藤は考えた。

部屋のキーをフロントに預けずに外出する客はいないことはない。だが、ホテルはそれを歓迎しないはずだ。

ここでホテルの人間に呼び止められるような不自然なことはしたくない。

フロントはまだニュースを見ていない可能性がある。手配の写真というのは、宿泊施設にいち早く配られるが、公開捜査になってから間もないので、まだ写真は配られていないかもしれない。

工藤はそちらに賭《か》けた。

「チェックアウトをして出よう」

あくまでも自然に振る舞うのが彼のやり方だ。

フロント係の反応で、どの程度ニュースが広まっているかもわかる。

工藤はフロントに近づき、キーを差し出した。

「チェックアウトをたのむ」

「お立ちでございますか？」

「予定が変わった」

「かしこまりました。お待ちください」

フロントはキーを会計に回す。会計はコンピューターのキーを叩いた。

ふと会計係の顔が曇《くも》る。

「しばらくお待ちください」

会計が言った。

コンピューターか！　と工藤は心の中で舌打ちした。犯罪情報が打ち込まれていたのかもしれない。工藤の名がそれに引っ掛かったのだ。

その瞬間に、工藤は亜希子の手を引いて出口に向かって駆け出していた。

2

工藤たちが飛び出して行った五分後に、ホテルにパトカーがやって来た。警邏《けいら》係の制服警官が、まずフロント係と会計係に話を聞く。そのうちに、新宿署の刑事がやって来た。

刑事たちは、遺留品がないかどうか、工藤と亜希子がいた部屋を捜索した。工藤は何も残していなかった。しかし、どんなに注意しても頭髪などの体毛は部屋の中に落ちる。

刑事捜査課の鑑識係は、そうした体毛や指紋といった小さな証拠を念入りに探した。どんなものが、どんなときに手掛りにつながるかわからないのだ。

彼らはベッドも細かく調べた。その部屋で何が行なわれたかを知るためだ。男女の営《いとな》みが行なわれたとしたら、シーツに体液が付着しているはずだ。また、ベッドサイドのごみ箱にも、体液が付いたティッシュなどが放り込まれているはずだった。

工藤は誘拐の容疑者なので、その部屋でセックスが行なわれたとすれば、それは強姦《ごうかん》の疑いが強い。

罪状をひとつ増やすことができるのだ。

だが、鑑識係の連中は、そういった形跡は何ひとつ発見できなかった。

刑事たちは、部屋を調べると同時に、ホテル周辺のパトロールを強化した。

交番の警官は、自転車で巡回を始め、パトカーが行き交《か》う。

また、新宿署は各タクシー会社に連絡して、協力と情報提供を求めた。


新宿のホテルで工藤と亜希子が発見されたという知らせは、アメリカ大使館にいたショートストップのもとに届いた。

通訳を兼ねた日本でのショートストップの補佐役が、それを知らせに部屋にやって来た。

この現地スタッフは、沖縄出身で、国仲英吉《くになかえいきち》という名だった。彼は、アメリカ大使館の日本人スタッフとして就職したが、就職にあたっては、沖縄基地の空軍大佐の推薦状がものをいった。

彼は学生時代から、基地でアルバイトをしていたのだ。

語学力と情報分析の能力を買われ、CIAの東京支局で働かないかと言われたときも、彼は迷わなかった。

彼は幼ない頃から、沖縄は日本ではないと思っていた。成長するにつれ、その考えは強まっていった。

沖縄が日本政府から恩恵を受けたことなどなかった――彼はそう信じていた。日本の企業は沖縄を食いものにし、自然を破壊していく。まるで、東南アジアの国々に対するように、資本を投入し、搾取《さくしゅ》している――国仲はそう感じていたのだ。

彼は、日本という国に何のロイヤリティも持ってはいない。むしろ、米軍基地との関係が深かったため、CIAで働くことに、何の抵抗も感じなかったのだ。

国仲は、CIAが自分の能力を生かせる職場だと信じていた。

それがどういう性格の組織で、過去、何をやってきたかということは二の次だった。

自分の実力を試すことのできる場所であることは確かであり、それが彼にとって大切な点だった。

彼は、今回の任務についても、何の抵抗も感じていない。

ターゲットは日本人で、その日本人を追い回すアメリカ人の補佐という役割だ。つまり、ふたりの日本人にとっては敵ということになるのだが、国仲にとっては、どこの国の人間かということは問題ではない。

自分が属しているCIAという組織のために働くのは当然だと心底思っているのだった。

国仲はショートストップという男を信頼し始めていた。

彼は、最後の切り札だと言って、本国が送り込んで来た男だ。

「警察は網を張っているのだな?」

ショートストップは、国仲から報告を受けると、そう尋ねた。

「パトロールを強化しています」

「君ならどこへ逃げる?」

国仲は考えた。

「人目につかないところ……。新宿にはいられないでしょう。そうですね……。彼らの利点は、男女のペアだということです」

「ほう……」

「男女のペアなら怪しまれずに入れるホテルがあります。そうしたホテルのほとんどは、顔を従業員に見られることなく部屋へ行けます」

「なるほど……」

ショートストップはうなずいた。「しかし、われわれが簡単に思いつくような場所を、あの工藤が選ぶかな……?」

「あの工藤……? あなたは工藤という男を知っているのですか?」

ショートストップはかすかに笑った。

「三人のCIA職員を蹴散《けち》らし、逃亡を続けている男だ」

「なるほど、そういう意味ですか」

「それほどしたたかな男が、誰でも考えつくようなところへ隠れるだろうか？」

「誰でも考えつくようなことでも、それが、充分に有効だと思ったら実行するでしょう？」

「ほう……。充分に有効……？」

「そうです。まず、彼らは何日も姿を隠している必要はないのです。明日と明後日。今夜を入れて、丸二日、隠れていればいいわけです。男女のペアで利用するホテルは、もちろん利用者の記録も残りません」

「アメリカのモーテルのようなものかね？」

「もっとずっといかがわしい雰囲気ですね。つまりそれだけ、秘密を守れるということです。そして、そうしたホテルは、都内には無数にあり、警察がシラミつぶしにしても、時間切れになるおそれのほうが大きい……」

「警察といえども、そうしたホテルのすべての部屋を開けて回る権限はないはずだ」

「そう。その点も彼らには有利です」

ショートストップは灰色の眼を、じっと国仲に向けて考えを巡らせていた。

「おおいに考えられるような気がしてきた。つまり、彼らがそうしたホテルに入ってしまったら、明後日までに探し出すことは難しいというわけだ。さて、そこで、われわれはどうしたらいいか、だ……」

国仲は、アメリカ式に肩をすぼめた。

「思いつきませんね。彼らが出て来て、警察の網に引っ掛かるのを待つのがいいかもしれません。いずれにしろ、彼らは、アメリカからの客とどこかで落ち合わねばならないはずです」

「それは危険だ。工藤なら、網をすり抜けるかもしれない。一刻も早く見つけ出す必要があるのだ」

「工藤という男を評価し過ぎの気がしますが……。買いかぶりというやつじゃないですか？　平和ボケの日本に、それほどたいした人間がいるとは思えません」

ショートストップは、またかすかにほほえんだ。

「そういう物言いこそ平和ボケだよ。われわれの仕事には細心の注意が必要なのだ」

国仲は、さきほどと同じ仕草で肩をすぼめた。同意も反論もしないといった態度だ。

彼は頭の回転の早い男だ。

すでに、ショートストップに言われたことを考え始めていた。

彼は言った。

「食事が問題ですね」

「食事？」

「そういうホテルは、使われる目的はひとつです。たいていは二時間ほど使って引き払う。

宿泊するにしても、夜中に入って、朝早くに出て行くのです。ルームサービスなどもちろんありませんし、レストランも自動販売機もありません」

「何かを買って入るしかないか……。工藤だけなら二日くらい何も食わなくても耐えられるかもしれんが女がいっしょとなると……」

「もうひとつの問題は、時間です。さきほども言いましたが、そういうホテルに、一泊してふたりで長時間過ごす客はそれほど多くない」

ショートストップの決断は早かった。

「よし、以上の点をアドバイスの形で警視庁の捜査本部に伝えてくれ。そういうホテルのある街で食料品が手に入るような店を重点的にパトロールする。そして、明日の昼まで、長時間滞在している客の情報をホテルから掻《か》き集《あつ》めるんだ」

国仲は、その場から電話した。

日本語のやりとりを始める。ショートストップは、その他《ほか》に、工藤と亜希子を捉《とら》える有力な方法がないかどうかを検討しながら、その様子を眺めていた。

長い電話だった。

ようやく電話を切ると国仲は苦笑した。

「どうも、われわれはよく思われていないようです」

「当然だな。よそ者が、捜査にあれこれ口出しをする。日本の警察にとっておもしろかろうはずがない」

「私がアドバイスを伝えると、そんなことはもうとっくに考えてある、と言われました」

「そうかもしれん。だが、われわれと警察の感情的対立は問題だな……」

「だいじょうぶですよ。日本の警察はことさらに面子《メンツ》を重んじるのです。面子にかけても工藤たちを見つけようと必死になるはずです」

「その言葉を信じよう」


指名手配をされたら、タクシーを利用するのも安全とはいえなくなる。タクシーには情報が行き渡っているはずだし、タクシーの運転手というのは、客を見慣れているだけに、客の様子に敏感だ。異常を察知するのだ。

こういうときは、やはり電車を利用するのがいい。

工藤は都市ゲリラのテクニックを発揮し、完全に群集に紛《まぎ》れて移動した。けっして目立った行動は取らない。

しかし、亜希子に、まったく自然に振る舞えと言っても無理だった。彼女は、警察に追われた経験などないはずだ。

どうしても緊張してしまうのだ。

周囲に対して過敏になっている。そういう状態の人間はどうしても周囲から浮いてしまうのだ。

早くどこかへ落ち着かなければならないと工藤は思った。かくまってくれるような知人は思いつかなかった。彼は特別な隠れ家のようなものも持っていない。

工藤は渋谷で電車を降りた。

午後十時三十分。まだ、渋谷の街は人であふれているはずだ。とくにカップルが多い。

紛れ込むにはもってこいだ。木を隠すなら森の中、なのだ。

工藤と亜希子は渋谷駅の北口へ出た。ハチ公前の広場やその向こうのスクランブル交差点のあたりは、思ったとおり人でいっぱいだった。

若い男女が多い。道玄坂《どうげんざか》方面で大声を上げている若い集団がいた。大学生のようだった。

亜希子が工藤の腕を取った。

何事か、と工藤は亜希子を見た。

「そんな顔しないの」

亜希子が言う。「このほうが自然でしょ。まさか、誘拐犯と人質が腕を組んで歩いているとは誰も思わないわ」

工藤は亜希子の気丈さに感服する思いだった。

彼女はまだ余裕を失っていない。

大切なディスクを、仲間が彼女に託した理由が、今わかったような気がした。

たしかに彼女はエド・ヴァヘニアンの教え子だ――工藤は思った。

しかし、それが、彼女のぎりぎりの強がりであることも明らかだった。

彼女はいつまでこの緊張に耐えられるだろう。工藤は冷静にそのことを考えなければならなかった。

工藤はやはり、渋谷のホテル街のことを考えていた。

それをずっと頭の中で検討していたのだった。

食料のことも考えている。ホテルによっては、外から出前を取れるかもしれないが、それは危険だった。

警察はそういう店をチェックしているかもしれない。捜査員が出前に変装してやって来る可能性もある。

事前に、何かを買ってホテルに入るのはどうか――それも検討した。

しかし、鋭敏な工藤の思考フィルターはその案を拒否した。

食料を一日分かかえてホテルに入る男女を見た者は、変に思うかもしれない。

たいていは変に思うだけで通り過ぎる。だが、たまたまその様子を見かけた者が工藤の人相を知っているかもしれない。私服の警官が見る可能性もある。

ホテル街にはよく、防犯課の私服警官が歩き回っているのだ。売春などの犯罪を防止しようとしてのことだが、彼らの眼は鋭い。わずかな異常をも捉えるはずだった。

工藤と亜希子は井《い》の頭《かしら》通りへ出て、ディスコに入った。

若い男女が群れている。ライティングが変化し、大音響の音楽が流れる。

バーカウンターへ行き、ソフトドリンクをふたつもらう。

人目につかないテーブル席を見つけて、ふたりですわった。

「踊る気分じゃないわね」

亜希子が言った。彼女の表情は固い。緊張し続けていることが、彼女の神経を責め苛《さいな》んでいる。

「そう。やめておいたほうがいい。体力を消耗することになる」

「これからどうするの?」

「逃げ続ける。あと二日、逃げ回ればいいんだ」

「自信がなくなってきたわ。CIAに加えて、警察……」

「陰謀を阻止しなくちゃならんのだろう? 死んでいった仲間のためにも、目的は果たさなきゃならない」

「そうね」

工藤は、店内の様子をさりげなく探った。

警察官らしい人間は見当たらない。

工藤のほうに注目したり、工藤の噂話《うわさ》をしているような客もいない。

若い男女は、工藤のような年齢の男には興味がないらしい。渋谷の夜は子供の世界だ。この時間に、ここで遊んでいるということは、客たちは、先ほどのニュース・ショウなど見ていないはずだ。

つまり、誘拐事件が起こったというニュースも知らないし、工藤が指名手配されているということも知らない。

工藤の顔も知らない。

従業員も同様のはずだ。彼らは夕刻からずっとこの店で働いている。

工藤は、今夜中は飲食店は安全だと判断していた。

従業員も客もまだニュースを知らない。本当に危なくなるのは、ニュースがテレビで何度か放映され、新聞に詳しく掲載される明日の朝以降ということになる。

今夜、警戒しなくてはならないのは、警察とCIAに絞ることができる。

とくに警察だ。

CIAは、日本国内でそれほどの情報網を持っているとは思えなかった。

（こうやって、開いている店を探していけば朝まで時間をつぶすことはできる）

工藤は考えていた。（問題は、その朝からだ……）

ディスコに白人の三人連れがやって来た。若い男たちで、いわゆる不良外人のように見えた。

こういう連中の縄張りは主に六本木だが、最近では所かまわず徒党を組んで現われる。渋谷、新宿、原宿《はらじゅく》、池袋《いけぶくろ》……。どの繁華街にも現われる。

彼ら三人は常連のようだった。

背の高い金髪の男、小太りでピンクの頬をした赤毛の男、そして、筋肉質の茶色の髪の男の三人組だ。

金髪の男がボブ、小太りの男がニック、筋肉質の男がエディーと呼ばれていた。

彼らは、顔見知りの女の子に声をかけ、奇声を上げた。

バーでビールを飲み始める。

三人の目的はもちろん女漁《あさ》りだ。外国人に対して日本の若い女はガードが甘い。

夜の街では、よく外国人の腕にぶら下がっている日本人女性を見かける。外国人と寝るのを趣味にしている女すらいる。

彼女らにとって、外国人はペット感覚なのだ。それも白人趣味と黒人趣味に分かれており、中近東や東南アジア系の男を相手にする女はあまりいない。

彼ら三人も日本の夜の街で遊ぶようになって女に不自由したことはなかった。日本の女はどの女も肌理《きめ》が細かく心地よかった。

ボリュームには欠けるがその分肌ざわりがいい。

彼らはアメリカ人だった。

ボブがたちまち、亜希子に眼をつけた。それくらいに亜希子は目立つのかもしれなかった。派手な化粧をしているわけではないが人目を引く魅力がある。

ボブはニックを肘《ひじ》で小突き、ニックは、エディーに笑いかけた。

「友達になりたいものだ」

ボブがにやにやしながら言った。

「別に難しいことじゃない。日本の女なんてちょろいもんじゃないか」

ニックが言う。

「よし、行こう」

ボブがビールのグラスをバーカウンターに置いて身を乗り出した。

「待てよ、あの女の連れ……」

エディーがボブの肩に手を置いて言った。

「連れなんてどうってことねえよ」

「そうじゃない。あの男、よく見ろよ」

エディーに言われ、ボブとニックは連れの男を見た。

そして、あらためて、女のほうを見る。

「工藤兵悟と水木亜希子……?」

信じ難いという表情でニックが言う。

エディーがうなずく。

「間違いない」

彼ら三人は、不良外人にしか見えないが、れっきとしたCIA東京支局のスタッフだった。

3

ショートストップは、アメリカ大使館の一室で仮眠を取っていた。

彼は、国仲に起こされた。

「ふたりを発見しました」

ショートストップは即座に目覚め、頭を回転させ始めた。

「発見したのは警察か?」

国仲は心からうれしそうに言った。

「CIA東京支局の職員です」

ショートストップは口笛を吹いた。

「願ってもない状況だ。場所は?」

「渋谷のディスコ。発見した三人がそのまま監視に当たっています」

「逃がすな。すぐに応援を送るんだ」

「海兵隊を出動させてディスコを包囲しますか?」

国仲は冗談で言ったが、ショートストップは本気で検討したようだった。

「いや、出動に時間がかかり過ぎる。都内で動ける者を急行させるんだ。必ず武器を携帯させろ」

「わかりました」

国仲は受話器を取った。


店内を油断なく観察していた工藤は、三人の外国人に気づいた。

彼らの行動は不自然だった。

まず、三人はいっしょに店に入って来た。そのときは軽口を叩き合い、顔見知りの女の子と気軽に挨拶《あいさつ》を交わしていた。

だが、いつしか、三人は別々の場所に立っていた。

ひとりはバーカウンター。

ひとりは出入口付近。

そして、もうひとりは厨房《ちゅうぼう》へ向かう通路のあたり。

彼らは、周囲の者に話しかけたり手を振ったりしている。ガールハントをしているように見える。

だが、工藤は三人が自分たちを意識しているような気がしてきた。

そして、三人の取っている位置が問題だと思った。

ひとりは出口を固めている。そして、ひとりは厨房だ。

おそらく厨房にも出入口があるのだ。

つまり、彼らはふたつの出口を固めているということになる。

バーカウンターにいる男は、そのどちらにも即座に駆けつけることができる。

そして、バーカウンターの位置からは、工藤と亜希子がよく見えるのだ。

工藤はさりげない仕草で亜希子に顔を近づけ、言った。

「まずいことになっているかもしれない」

「警察……?」

「いや。俺の考えているとおりだとしたら、もっとまずい」

「CIA……」

「三人の、見るからにアメリカ人といった感じの軽薄そうな若者がいる。ふたりが表口と裏口を固め、ひとりがこちらを監視している。俺にはそのように見える」

「どうするの?」

「逃げる」

工藤は立ち上がった。「今のところは、あの三人だけのようだ。応援《バックアップ》が来るとまずい。俺はトイレへ行くふりをして、ひとりを引きつける。カウンターのところにいる男がもし、俺に尾《つ》いて来たら、君は飲み物を注文するふりをして、カウンターのところへ行ってくれ」

「わかったわ」

工藤は、トイレへ向かった。トイレは廊下の先にある。

廊下の右側が男性用、左側が女性用に分かれている。

思ったとおり、バーカウンターのところにいた男は工藤のあとに尾いて来た。

工藤はドアを開けてトイレに入った。そして、さっとドアの脇《わき》に身を寄せた。


ニックは、工藤がトイレに行くのを見て一瞬躊躇《ちゅうちょ》した。

席には亜希子が残っている。工藤の様子を見に行くより、亜希子を見張っているべきかもしれない。

彼がベテランの諜報員か工作員だったら、迷わず亜希子を監視し続けていたはずだ。CIAの狙いは亜希子と、亜希子が持っているディスクなのだ。

しかし、彼はこういうことに慣れていなかった。

彼は職場では書類とコンピューターだけを相手にしているのだった。荒事《あらごと》などやったことはない。

そして、彼は仲間のふたりを頼り過ぎていた。

仲間を無視して単独行動を取るのはよくない。しかし、頼り過ぎるのもよくないのだ。

その兼《か》ね合いが難しいのだが、それは経験を積むことによってしか学べないのだ。

ニックは、ふたりの仲間に亜希子をまかせていいと判断した。

そして、自分は工藤の様子を見に行くことにした。彼の行動が気になって仕方がなかったのだ。

一応ニックは、CIAの尾行マニュアルに従ってはいた。

不用意に、対象が入った出入口に入らない。彼は廊下の入口で、工藤が出て来るのを待った。

出て来るのが遅い、と彼は思った。

実際にはそれほどの時間ではない。別の客が入って行き、その客が出て来た。

ニックは不安になって、トイレのドアに歩み寄った。

迷っていたがついに、彼はドアを開けてトイレに足を踏み入れた。

中に工藤の姿は見当たらない。

個室の中かと思った。

アメリカの公衆便所は、個室のドアの下のほうが開いていて、足が見える場合が多い。
だが、日本の個室のドアはすべてを隠してしまう。
ニックは鍵《かぎ》の表示を見ようと、一歩進んだ。
そのとき、背後で気配がした。
はっと振り返ったときはもう遅かった。
目の前がぱっとまばゆく光った。次の瞬間、彼は真っ暗闇《やみ》の中に落ちていた。

工藤は別の客が用足しに来ても、ドアの脇を動かなかった。
客が不審げな表情で見ていたが、かまわなかった。
やがて小太りの白人が入って来た。
無防備だ。
肉体派ではなく、文官であることがすぐにわかった。監視や尾行に関しては素人《しろうと》だ。
彼は今夜、幸運のおかげで工藤と亜希子を発見できた。
だが、その幸運はすぐ不運に変わるのだ、と工藤は思った。
小太りの男が一歩踏み出す。
その瞬間に工藤は一気に近寄った。男がはっと振り向く。
振り向いた、その耳の下に鉄槌《てっつい》を打ち込む。

鉄槌というのは、握った拳の小指側を文字どおりカナヅチのように打ち込む技だ。耳の下を強打すると、比較的簡単に人を昏倒《こんとう》させることができる。

小太りの白人は、ぐずぐずと崩れ落ちる。その後頭部に膝《ひざ》蹴りを見舞い、完全に眠らせた。

相手が死ぬかもしれない危険な技だ。だが工藤は迷わなかった。

相手が完全に眠ると、工藤は両脇の下に手を入れ、引きずって個室の中に入れた。鍵を閉め、ドアを乗り越えてトイレを出た。

バーカウンターのところに亜希子がいた。

工藤は、親指で、出口のほうを差し示した。亜希子はすぐに気づき、落ち着いた足取りで出口のほうへ向かう。

出口の近くに立っていた背の高い男が、顔に緊張の色を走らせた。

工藤は一瞬が勝負だ、と思った。

もつれて騒ぎになったら警官が来る。工藤は警官にも見つかるわけにはいかないのだ。

背の高い男が亜希子に気を取られている隙《すき》に、工藤はその背後に近づいた。

厨房口にいた筋肉質の男も一応気にしてはいたが、彼が駆けつける前に背の高い男を片づけて逃げればいいと思っていた。

出入口近くに立っている男は、一九〇センチ近くある。

工藤より一〇センチほども高い。しかし、ひょろりとしてして、鍛え上げられた感じはしなかった。

工藤は、するすると男に近づき、いきなり後ろから膝のあたりを蹴り降ろした。

背の高い男は、驚きの声を上げて、のけ反り、そのまま仰向けに倒れてくる。

工藤は髪をつかんで、倒れる方向に加速した。

その頭を、自分の膝頭に叩きつけた。

その瞬間、糸が切れた操《あやつ》り人形のように、長身の男の体から力が抜けた。

一撃で充分だった。

工藤は、騒ぎが起きる前に店を出ようとした。

フロアーにはもちろん、たくさんの客がいた。黒服も立っていたし、バーカウンターの中にはバーテンダーもいた。

しかし、誰ひとり工藤の動きに気づかなかった。

それくらい、不意を衝《つ》く動きだった。

彼らが異変に気づいたのは、長身のボブが倒れたときだった。工藤はすでにボブから離れている。

誰かが大声で何かをわめいた。

ボブの知り合いらしい女の子が悲鳴を上げる。

黒服が近寄り、遠巻きに人だかりができる。

工藤は、出口のところまでやって来た。ドアのところにもうひとり、黒服が立っている。

工藤は、うまくいったと思っていた。

だが、うしろから襟《えり》首のところをつかまれ、はっとした。

強い力だった。

工藤はうろたえたり、慌てたりしなかった。まったく迷わず、振り向きざまに攻撃した。

ぐずぐずしているわけにはいかない。それに、今、彼を制止しようとする者は、誰であろうが邪魔者なのだ。

振り向く勢いを利用して、リードフックを出す。

相手の顔面を捉える自信はあった。

それも不意を衝いた動きだったからだ。

だが、相手の男は消え失せた。

フックの外側に素早くステップアウトしたのだった。

そこから、工藤の腎臓《じんぞう》に一発ボディーブローを打ち込む。

この一撃は効く。

鋭角的な痛みが走ったあと、ひどくだるいような苦痛が襲って来る。

体から力が抜けていく。腎臓《キドニー》パンチはたいへんおそろしいが、ボクサーの常套《じようとう》的なパンチだ。

相手は、腎臓に二連打した。右の二連打だ。そしてすぐさま、フックで胃と脾臓《ひぞう》を狙《ねら》って打ち込んで来た。左のフック。

このストマック・ブローは、誰でも一度は経験したことがあるはずだ。

いわゆる鳩尾《みぞおち》を突かれるのだ。横隔膜《おうかく》が収縮してしまい、息ができなくなる。

工藤は喘《あえ》いだ。

口を大きく開けて、空気を求める。

床に膝を突いてしまいそうだった。しかし、彼は何とか持ちこたえていた。

彼は、ボディーへの攻撃はそれほどおそろしくなく、本当におそろしいのは、その次に来る顔面および頭部への攻撃だということをよく知っていた。

だから、ここでへたり込むわけにはいかないのだった。

工藤は、顔面と側頭部を守るため、両方の拳をかかげ、前腕部を立てるようにして、相手のほうを向いた。

相手は、工藤の右側にいる。

ちょうど、相手はアッパーを工藤の顎《あご》に飛ばして来るところだった。

工藤はそれを読んでいたので、何とか、肘で防ぐことができた。

そのとき、工藤は初めて相手の顔を見た。厨房口に立っていた筋肉質の白人だ。茶色の髪をしている。

工藤は、顔の脇に持って来ていた左の拳をその位置から、相手の頬骨に飛ばした。

相手は、上体を反らしながら、小さくステップバックした。

そこから、また、小刻みにステップしながら、左のジャブを出して来る。

ジャブの三連打。

三発目を、食らった。鼻がじんと痺《しび》れ、視界が揺れる。

工藤は、相手が右のフックへつなぐところを見はからってストレートを打ち込んだ。

だが、軽々と相手のパリーに合ってしまった。掌《てのひら》で叩くようにはじかれたのだ。

(こいつのボクシングは本物だ)

工藤は思った。

おそらくプロボクサーくずれか、アマチュアのタイトル持ちだ。

だが、工藤にはボクシングにつき合わなければならない義理などない。

工藤はフェイントから、ワン・ツーを放った。

相手は巧《たく》みなフットワークと、上体の揺さぶりでそれをかわす。

しかし、本命はパンチではなかった。パンチに注意を引きつけておいて、工藤は、相手の左足にローキックを叩き込んだ。

膝上二〇センチの急所に決まった。

相手はその激痛に驚いたようだった。ローキックの威力は食らった者にしかわからない。一発で大腿部の筋肉はこちこちに固まり、足が動かなくなる。

相手のフットワークが止まった。

工藤は狙いすまして、もう一発、同じところにローキックを飛ばした。

ローキックはダメージの蓄積効果を狙うことができる。何発か食らううちに、完全に足がいうことをきかなくなり、立っていることもできなくなる。

ローキックの効果は、パワーの問題ではない。

角度なのだ。

脛《すね》を相手の大腿部の外側に叩き込むのがローキックだ。膝上一〇センチから二〇センチのあたりが最大の急所だが、膝と股《こ》関節の間であれば、どこに決まっても、威力を発揮してくれる。

そういう意味では、たいへんに簡単な技だ。

しかし、強烈なローキックとそうでないローキックは角度で決まる。

蹴り上げるのではなく、ハイキックを出すときのように、ちゃんと腰を開いて水平に振るように決めると、脛は、ちょうど急所を突く形で当たるのだ。

これは、十二経絡《けいらく》でいうと胆経《たんけい》に当たり、最大の急所のひとつである側頭部と密接なつながりがある。

ローキックは単に足だけを攻める技なのではない。この側頭部とのつながりで考えると、ローキックによって、耳鳴り、めまいなどを起こすこともあるのだ。

筋肉質の白人は膝を崩した。

体勢を立て直そうとしたが、左足にはまったく力が入らない。まるで、足がひどく痺れて感覚がなくなったときのようだった。

工藤は、すかさず髪をつかんで引き落とした。顔面に膝を叩き込む。

ぐしゃりとした感触が膝に伝わって来る。

初めて膝蹴りを本気で敵の顔面に見舞ったとき、この感触の不気味さにぞっとした。

その感触がしばらく忘れられず気分が悪くなった。

だが、今は何も感じない。他人の命より自分の命が大切であり、痛みは受けるより与えるほうがいいのだ。

相手はごろりとロビーの床に転がる。黒服が茫然《ぼうぜん》とした姿で工藤を見ている。

フロアからロビーへ出て来た客たちが立ち尽くしている。彼らは、工藤の顔を忘れないだろう。

そのうち何人かは、誘拐事件のことを知った後に、このディスコで工藤を見たと証言するかもしれない。

「行こう」

工藤は亜希子に言った。

亜希子は、顔面を血に染めて床に倒れているエディーを見て、少しばかり蒼白《そうはく》な顔になっていた。

だが、工藤を非難したりはしなかった。

彼女の仲間は、ＣＩＡの関係者によって殺されたり威《おど》されたりしたのだ。

工藤はドアの外に出た。

亜希子がそれに続く。

工藤が突然立ち止まり、亜希子はその背中に顔をぶつけてしまった。

「どうしたの？」

亜希子が尋ねる。

工藤は亜希子に背を向けたまま答えた。

「手間取り過ぎたようだ……」

亜希子は工藤の前方を見た。

店を出たところに、四人の外国人が立っていた。

どれも屈強な体格をしている。

彼らは、みな、地味なスーツを着ていたが、そのスーツの下の体は、戦いの専門家であることを物語っていた。

5章　シナリオ

1

彼らは、CIAのバックアップに違いなかった。

工藤に考える暇などなかった。

ここは慎重に行動する場合ではない。闇雲《やみくも》にでもいいから動いて、血路を開かねばならないのだ。

工藤は、スポーツジャケットのポケットに手を突っ込み、パチンコ玉を数個つかみ出した。

左手でベルトに差してあるパチンコを抜く。素早く、パチンコ玉をはさんで、力いっぱいゴムを引き、放す。

ひとりの男の額をかすめる。その男は、額を両手で押さえて、叫んだ。額をかすめた玉は、わずかに角度を変え、井の頭通りを走っている車のルーフに当たって大きな音を立てた。

工藤はすぐさま、第二弾を撃った。

パチンコは、けっしてあなどれない武器だ。『スリング・ショット』という商品名で売られているパチンコなどは狩猟用で、野ウサギなどは、一発で殺すほどの威力がある。

頭は的が小さく外れやすいので、工藤は胸を狙《ねら》った。

当たれば肋骨《ろっこつ》にひびくらいは入る。折れることもあるかもしれない。

また膝《ひざ》に当たれば、膝蓋骨《しつがいこつ》——いわゆる膝の皿を割ることもできる。

額を押さえていた男は無防備で、脇腹に、もろにパチンコ玉を食らった。

肋軟骨といわれるあたりで、「肋骨にひびが入った」という場合は、たいていここに亀裂が入っている。

彼はのけ反った。

さらに一発、工藤は撃った。

周囲にはまだ通行人がいた。若い男女だ。何が起こっているかもわからず行き交《か》っている。

彼らを巻き添えにはしたくなかった。しかし、ここで暴れなければ、工藤と亜希子の命があぶない。

工藤は落ち着いて狙っていた。彼はこの道具の扱いに慣れている。

狙いを外したら、玉は通行人に当たるかもしれない。

そして、一発一発を確実に役立てないと、逃げるタイミングをつかむことはできない。

数の上では、向こうが有利なのだ。

四人は、建物の陰に隠れたり、身を低くしたりして、玉を避けようとした。

その四人の動きで、通行人は、ようやく何かが起こっているとわかったようだった。

だが、群集というのは反応が遅い。すぐさまそこから逃避しようとはしない。

ようやく、二、三人が駆けて逃げ出し、それから、人々はあわてて動き始めた。

ディスコの玄関の前に、ぽっかりとした空地が出来上がる。

パチンコを撃ちながら前進する。通行人がいなくなり、流れ玉を気にする必要がかなり減った。

逆に、井の頭通りの向こう側には人が溜まってきていた。野次馬《やじうま》だ。パチンコ玉がもし、その野次馬の中に飛び込んでも、それは仕方がないことだと、工藤は考えていた。

日本人は、本当に危険な戦いというのをあまり見たことがない。

野次馬になるより、その場から離れなければならない戦いがあることを、海外のたいていの国の人々は知っている。

脇腹にパチンコ玉を食らってうずくまっていた男が、いきなり起き上がって、近づきつつあった工藤に飛びかかった。

暗くてよく見えなかったが、彼は顔面を朱に染めているようだった。怒りのせいだった。

実際、白人の顔色というのはよく変わる。

その白人は、身長は、工藤より一〇センチは高く、体重は二〇キロは上だった。

約三歩の距離を一瞬で詰める。

滑るような摺《す》り足だった。その身のこなしで、この男は手強《てごわ》いと思った。

ディスコの中の三人とはレベルが違う。

彼は、さっと左手を伸ばして、工藤の右袖を取りに来た。

工藤は、相手の意図《いと》を悟った。

引き込んでおいて、強烈な猿臂《えんぴ》打ちか頭突きを叩き込んで来る。そして、次の瞬間に腰を使って投げるのだ。

投げたらすぐに首か腕を決める。一瞬にして相手を無力化する連続技だ。

彼には派手なストリートファイトをやる気などないのだ。

できる限りすみやかに相手を動けなくする——それを狙っている。

それはプロの技術だった。

工藤も、みっちりとそういう技術を叩き込まれた。だからこそ、相手の意図がわかった。

意図がわかれば対処もできる。

工藤はパチンコを道に放り出した。握っていた玉の残りも取り落とす。

そして、引かれるままに相手の懐《ふところ》に飛び込んで行った。

相手の肘やパンチ、頭突きを食わぬように注意しながら、一歩踏み出す。

彼は、肘を鋭く曲げ、前方に突き出していた。その肘が、蜂が針で刺すように相手の喉を突いていた。

その瞬間に強く踏み込む。

「ぐふっ！」

相手は奇妙な声を出して後方へ引っくりかえった。

ここまでがほんの一瞬の出来事だ。袖を引かれた工藤が勢いよく相手にぶつかって行っただけのように見えた。

この前方へ半身《はんみ》で突き出すような肘の使い方は西洋の格闘技の中にも、日本の武道にも例がない。

中国武術の一派、八極拳《はつきよく》の頂肘《ちようちゆう》という技なのだ。

工藤は八極拳のすさまじい威力を知り、それを自分の格闘術に取り入れたのだった。

倒れた男は、喉を両手で押さえ、苦しそうにもがいている。

パチンコの攻撃が止《や》んだので、建物の陰に隠れていたふたりの男が飛び出して来た。

ふたり掛かりで工藤を取り押さえようというのだ。

ふたり掛かりといっても、ふたりがまったく同時にかかって来ることはまずない。

必ずどちらか片方が先にやって来る。あるいは、どちらかが前から、そしてもう一方が後ろからやって来るのだ。

工藤は武器用のベルトを外してさっと抜いた。

この動きが滞《とどこお》りなくできるように、練習したことがある。

どんなつまらない動作でも、練習していないと、いざというときにうまくできないものだ。

喧嘩《けんか》になったとき相手を殴るという単純な動作も、練習していないとなかなか出来るものではない。

右手でバックルを引き抜き、左手で革の部分を握る。そのまま、右手を離して振った。

バックルが一閃《いっせん》して目の前に来た相手の顔面に叩きつけられる。

頑丈なバックルは、相手の左の眉《まゆ》のあたりをざっくりと切っていた。

大きな悲鳴を上げて両手で顔を押さえてのけ反る。一般に、アメリカ男性は、いい大人でも大袈裟《おおげさ》な悲鳴を上げる。

すぐ後ろに続いていた男が、姿勢を低くして、飛びついて来ようとした。タックルを狙っている。

アスファルトの路上でタックルなどされたら、それだけで昏倒《こんとう》してしまう場合がある。頭を路面に打つ危険があるのだ。

土のグラウンドの上や畳の上ではそれほど危険ではないタックルも、アスファルトの路上ではまったく事情が変わってくる。

工藤は慌てなかった。

正面から来るタックルは、両手で膝を刈りながら、肩で相手の腰を押すのだ。そのため、柔道では両手《もろて》刈りと呼ばれている。

工藤は相手の手が巻きつく前に、左足を大きく後方へ引いた。そして、右の膝を突き上げていた。

相手は、かばうように顔をそむけ、なおかつ、顎《あご》をしっかりと引き締めていた。

だが、工藤の膝は、その鼻に叩き込まれていた。鼻に膝蹴《げ》りを食らって平気でいられる者はいない。

こらえようと思っても、意識がふっと遠のいてしまうのだ。

工藤は、さらに蹴り上げた右足を、大きく後方に引きながら、相手の体を突き落とした。

男は、工藤の目の前の路上に、俯《うつぶ》せのまま叩きつけられていた。そのまま動かない。

眉のあたりを切られた男が、流れ落ちる血をぬぐって、仁王立ちになった。

彼は、さっと背広の裾《すそ》を撥《は》ね上げた。

工藤はすぐさま反応した。

彼は、ベルトに差していたリボルバーを抜いて、そのまま撃った。

抜き撃ちというのはたいへん難しい。抜く動作と狙いを定める動作を同時にやらなければならない。

シリンダーが五分の一回転して、一度起きた撃鉄《ハンマー》が落ちる。

ダブルアクションだから、引き金を引くだけでよかった。

工藤は相手の下肢を狙っていた。

銃というのは跳ね上がる傾向がある。とくに落ち着いて狙う暇がないような場合、弾は上向きに逸《そ》れやすい。

下肢を狙って上方に逸れても腹に当たる。工藤はそれを経験から学んでいた。

弾は相手の大腿部《だいたい》に当たった。

ちょうど相手は銃を抜いて構えようとしているところだった。

コンマ何秒か工藤のほうが早かったのだ。男は路上に倒れた。ぐったりとしている。

ショック症状を起こしているのだ。まだ、彼は痛みを感じていない。

ショックから覚《さ》めたときに猛烈に痛み始めるのだ。

ひとりが銃を抜き、工藤が撃ち返したことで、残るひとりも銃を抜いた。

「動くな《フリーズ》!」

その男が叫ぶ。男は両手でグリップを握り、銃を目の高さに構えている。

工藤は身動きを止めた。

男は工藤の横から狙いをつけている。工藤がそちらに銃を向け、男に狙いをつけて引き金を引くのは不可能だった。

男は引き金を引くだけでいいのだ。

工藤は冷静に観察した。

男が持っているのはベレッタM92Fだ。アメリカ軍の制式銃だ。

撃鉄は起きている。薬室《チエンバー》に初弾が送り込まれているのは確かだ。

相手はトリガーガードではなく、引き金に指を掛けている。本気で撃つつもりだ。

工藤にはそれがわかった。

威嚇《いかく》のために銃を出すのなら、もっと早く出しているはずだ。彼らは、最後の手段として銃を出した。

つまり、威嚇ではなく、撃つつもりで出したのだ。

「銃を捨てろ」

男が言う。「ゆっくりと動け。足元に落としてからこちらに蹴るんだ」

パトカーのサイレンの音が聞こえて来た。ディスコの従業員か野次馬が通報したのだろう。

「早くしろ」

男が言った。

工藤は男の言葉に従うしかなかった。リボルバーを足元に落とす。

そのとき、銃を構えていた男が突然、大声を上げて顔をそむけた。

銃の狙いが外れる。工藤はその一瞬を逃さなかった。彼はさっと膝を突いてリボルバーを拾った。そして、男のほうに銃口を向けて撃った。肩に着弾した。

強く肩を突かれたように体をひねって、男は引っくり返った。

工藤は肩を狙ったわけではない。確実に当たるように腹から胸を狙って撃ったのだ。姿勢が低かったため、角度が上向きになった。そして、咄嗟《とっさ》に撃ったので、やはり弾が上ずってしまったのだ。

工藤は振り返った。

亜希子がパチンコを持って立っていた。路上に落ちていたパチンコを拾い、CIAの男を撃ったのだ。

CIAの男は、亜希子が反撃するとは思っていなかったのだ。

危険なのは工藤ひとりと決めてかかっていた。それが、その男の唯一の失敗だった。

パトカーの音が近づいて来る。

「ここから逃げなきゃ……」

亜希子が言った。

「こんな連中が相手じゃ、パチンコじゃ心もとない」

工藤は、弱々しく呻《うめ》いているふたりの男から、ベレッタをもぎ取った。

一挺《ちょう》を亜希子に渡す。亜希子は驚かなかった。

敵の武器を奪って利用するのは戦場の鉄則だ。そして、身を守るために武器を手に入れるのはサバイバルの鉄則でもある。

亜希子はそれをエド・ヴァヘニアンから学んでいた。

リボルバーの弾は撃ち尽くしていたので、その場に捨てた。

工藤が発砲してから、ようやく野次馬は散り始めた。好奇心より命のほうが大切なことにやっと気がついたのだ。

井の頭通りにパトカーが入って来るのが見えた。西武デパートのA館とB館の間を曲がって来るところだった。

その通りはもともと渋滞しがちだった。パトカーはうまく進めない。東京の劣悪な交通事情が工藤と亜希子に味方した。

パトカーより問題なのは、すぐ近くにある交番から駆けつける警邏《けいら》の警官だった。

工藤は、ふたりの制服警官が駆けて来るのを見た。

「こっちだ」

工藤はベレッタをベルトの腰のあたりに差し込み、左手にベルトを巻きつけたまま走り出した。

彼はまずセンター街のほうへ走った。

センター街には、まだ若者があふれている。一本隣りの通りで発砲事件と派手な喧嘩騒ぎがあったというのに、この通りはまったく平和そのものだった。

サイレンの音を気にする者もあまりいないようだった。

シャッターの降りたファーストフードの店の前に、だぶだぶのショートパンツや裾を出した大きなチェックのシャツといった、ひどくだらしのない恰好《かっこう》をした若者たちがたむろしている。

チームと呼ばれるストリート・キッズ気取りの若者たちだ。

彼らは凶悪な雰囲気を醸し出そうと努力しているようだったが、工藤に言わせれば、この渋谷センター街の脳天気さの前では滑稽《こっけい》に見えるだけだった。

工藤は、人を掻《か》き分けるようにしながら、センター街を、松濤《しょうとう》の方角に向かって進んだ。

亜希子はぴったりと後に続いている。

時折、ぶつかったり押しのけられたりした若者が罵声《ばせい》を上げる。

工藤はまったく気にしない。

ひたすら前へ前へと進む。

今は、群集に溶け込むことを考えるときではない。とにかく現場から逃げるのが大切なのだ。

パトカーのサイレンが遠く近く、あちらこちらで聞こえ始めた。

工藤は渋谷駅にはとても近づけないだろうと考えていた。警官が固めているに違いない。

彼は、京王井の頭線の神泉《しんせん》駅にたどり着こうとしていた。まだ、最終電車までは、間があるはずだった。

まだ午前十二時になっていない。

井の頭線の電車に乗ってしまえば、そのまま終点まで行ってもいいし、下北沢《しもきたざわ》で小田急《おだきゅう》線に乗り換えてもいい。

工藤は乗り換えたほうがいいだろうと考えていた。それだけ逃げ道は増える。

工藤は、センター街から左折して、東急本店前に出た。そのまま、東急本店を通り過ぎようとした。

路地に駐車していた茶色のステーションワゴンが急にライトを点灯した。

工藤は一瞬、そちらのほうを見てしまった。ライトを見るというミスを犯した。

目が眩《くら》んでしまった。

そのステーション・ワゴンの助手席の窓で、回転灯が点《とも》った。サイレンが一度だけ、獣の咆哮《ほうこう》のように鳴った。

覆面パトカーだった。

「くそっ！」

工藤は銃を抜こうとした。

「だめよ！」

亜希子は言った。彼女は工藤の手を押さえていた。

工藤ははっとした。

亜希子が言う。

「警察が相手だと正当防衛にはならないわ」

「かまわん。そんなことを言っている場合じゃない」

「犯罪者になっちゃうのよ」

覆面パトカーは発進して工藤のほうに迫りつつあった。

工藤は銃を抜いた。

構える。

「今、捕まるわけにはいかないんだ」

工藤は撃った。

フロントガラスがひび割れのために一面、白くなる。

パトカーは急ブレーキをかけていた。止まる。

工藤はその隙に、亜希子の手を引いて駆け出した。東急本店通りをしゃにむに横断する。

何台もの車が急ブレーキをかけ、工藤はそれをかわすようにして、道を渡った。

彼は、道玄坂のホテル街の細い路地に駆け込んでいた。

2

道玄坂二丁目のホテル街は、渋谷警察の重要チェックポイントのひとつだった。誘拐事件の捜査本部からの指示に従い、渋谷警察は、ホテル街のパトロールを強化し、付近のコンビニエンス・ストアに、刑事や私服警官を張り込ませていた。

工藤と亜希子は、そこに追い込まれる形になった。

工藤は、その一帯を突っ切り、道玄坂通りの手前を右へ行って京王井の頭線神泉駅にたどり着こうとしていた。

パトロールの警官たちは、互いに無線で連絡を取り合っている。

パトカーは、通信指令室からの地域系無線と、所轄署からの署活系の両方で連絡を取り合っている。

パトロール警官は、肩からUW一一〇形無線機を下げ、署活系の周波数を聞いている。署活系とは署外活動系の略だ。この二系統の無線によって、彼らはどこにいても、事件の進行を的確に知ることができる。

道玄坂二丁目を警邏中のパトカーおよび警官は無線により、工藤と亜希子が、自分たちの近くに逃げて来たことを知った。

彼らは、いっせいに眼《め》を光らせ始めた。

工藤は、巡回が強化されていることを肌で感じ取っていた。一気に路地を駆け抜けようとはしない。塀《へい》や建物の陰から慎重に周囲の様子をうかがいながら進む。

物陰から物陰へ進み、そこでまた様子を見る。

「撃つことはなかったのよ」

亜希子が言った。

工藤は、警戒しながら答える。

「逃げなければならない」

「犯罪者になることはないわ」

「俺は犯罪だとは思っていない」

「警察はそうは思わないわ」

「見解の相違は致し方ないな……」

「あなたも黒崎さんも、あたしのために犯罪者となってしまった……」

「気にすることはない。これが俺の仕事のやり方だ」

「仕事のやり方？」

「俺は言ったはずだ。あんたを守るために全力を尽くすと」

「あそこだ……。誰か隠れている」

私服警官が、相棒にそっと言った。

相棒がうなずく。

「俺は向こう側から回り込む。ここで見張ってるんだ」

「わかった」

ひとりがそこに残り、ひとりは路地を迂回した。

ちょうど、ホテルをひと回りして工藤たちの後ろへ回る形になる。

回り込んだ私服警官がきっかけを作らねばならない。工藤を追い出し、もうひとりの私服警官と挟み打ちにするのだ。

うまいこと工藤たちの後ろにつくことができた。

彼はできるだけ工藤たちに近づくことにした。

足音を立てずに、そっと近づく。

だが工藤はいきなり振り向いた。

私服警官は言った。

「動くな。警察だ」

彼は、工藤たちが逃げて行くものと思っていた。

しかし、そうではなかった。
工藤は、私服警官に向かって突進して行ったのだった。
背後に気配を感じた。
振り向くと、ジャンパー姿の男がいた。
その男は言った。
「動くな。警察だ」
男はひとりだった。警官がひとりで行動することはあまりない。
咄嗟《とっさ》に、工藤は待ち伏せされていると思った。
ほとんど反射的に体が動いた。
その警官に向かって行ったのだ。
工藤は体当たりをした。私服の警官はすっかり面食らい、対処できなかった。
だが、さすがにそのまま尻餅《しりもち》を突いたりはしなかった。
工藤のジャケットの袖と襟にしがみついた。それで倒れるのを防いだ。
さらに、踏みとどまると、袖と襟を引きつけ、巻き込んで投げようとした。
工藤は袖を振り切って、それをこらえた。投げ技は空振りに終わる。
警官のその状態は、たいへんに無防備だった。

すかさず工藤は掌底《しょうてい》で警官の顎を突き上げた。

警官はのけ反り、棒立ちとなった。

その顎めがけて、左右からやはり掌底を叩《たた》きつける。警官は泥酔したように足をもつれさせると、すとんと尻餅を突いてしまった。眼が虚《うつ》ろだった。

掌底は、接近戦においては、拳よりずっと役に立つ。

拳は距離がないと使いにくいのだ。

さらに、拳で相手を殴ってみるとわかるが、相手の唇が切れたり、歯が折れたりといったことは頻繁にあるが、なかなか眠ってくれない。

そして、拳をけっこう痛めやすいのだ。

鍛えている者でも、殴り合いの喧嘩をすると、拳を切ったり腫《は》らしたりするものだ。手首をくじくことも多い。

掌底ならばそういった心配がない。さらに、手首のぐらつきがない分だけ、破壊力がストレートに伝わりやすい。

相手に当たったときも、破壊力が逃げない。

私服警官は脳震盪《しんとう》を起こしたのだが、彼が簡単に脳震盪を起こしたのにはそうした理由があった。

工藤は、その警官の脇をすり抜けて、彼がやって来た方向へ逃げた。亜希子も遅れずに続く。

ややあって、後方から追って来る足音が聞こえた。

「止まれ！　警察だ。止まらんと撃つぞ」

工藤は一瞬、振り返った。

たしかに警官は、リボルバーを持っていた。街灯に照らし出されて、それが見えた。

だが、工藤は止まらなかった。

彼が撃つにしても、一発目は、空に向けて威嚇射撃をすると踏んでいた。

さらに、それすらもしないかもしれないと思った。

警察官が銃を撃つことへの世間の風当たりは思いのほか厳しい。

一発撃っただけで、その警官は審問にかけられる羽目になるのだ。

もちろん、今、後ろにいる警官が、そういう事実をまったく気にしておらず、しかも、すばらしい射撃の腕をしている可能性はあった。

一発で工藤か亜希子を撃ち抜くことだってあるかもしれないのだ。

だが、工藤は、そちらの可能性のほうがずっと少ないと判断したのだ。

渋谷の街中《まちなか》で逃走する犯人を撃てる警官は、実際のところ、あまりいない。

工藤はそれでも用心して、すぐ脇の路地に入った。

さらに、別の方向から、複数の人間が駆けて来る足音が聞こえた。

異常を感じ取って、巡回していた警官たちが駆けつけたのだ。

彼らは無線で連絡を取り合った。

（神泉の駅までは、たどり着けないかもしれない）

工藤は弱気になった。

だが、その考えを追い払った。

（俺があきらめたら、すべてが終わる）

ホテル街で時間を食っていたら、井の頭線の電車がなくなってしまう。実際のところ、すでにぎりぎりといったところだった。

だが、ますます迂闊《うかつ》に動けなくなりつつあった。

警官たちは、さすがにプロだった。彼らの包囲網は、確実に工藤と亜希子を中心に狭まって来ている。

今、彼らは、ホテルの駐車場の出入口に潜んでいた。

後方で、車のドアが閉まる音が聞こえ、やがてエンジンの音が聞こえた。

工藤は、さっと出入口を塞《ふさ》ぐように飛び出した。

車は急停車した。

運転席の窓が開く。

「ばかやろう。何のつもりだ！」

まだ学生とも思える若者が顔を出して怒鳴る。

工藤はベレッタの自動拳銃をその若者に向けた。

「降りろ。車を借りる」

「ばか言ってんじゃねえよ。モデルガンだろ?」

「試してみる度胸があるか?」

工藤の凄味に、学生がかなうはずがなかった。

若者は彼なりに、工藤のおそろしさを察知したようだった。

若者は慌てて車を降りた。助手席の女の子は、茫然として動く気配もない。どうしていいかわからないのだ。

「降りろ」

工藤は言った。「本当の誘拐犯にはなりたくない」

女の子は、声も出さず、転がるように車から降りた。

入れ替わりで、亜希子がさっと乗り込んだ。

「ごめんなさいね」

亜希子は言った。「借りるだけですからね」

ホンダのインテグラは、ゆっくりと発進した。いかにも、今、愛を交《か》わし終わったアベックがホテルから出て来たという感じだ。

バックミラーを見ると、若い男女が、口をぽかんとあけて、走り去る車を見ているのが映っていた。

「姿勢を低くして。なるべく顔を出さないように……」

工藤が言う。「さて、検問に引っかからなければ、おなぐさみといったところだな……」

工藤は、道玄坂を国道二四六方面へ向かった。

さらに右折し、都心から離れることにした。


工藤は、大橋《おおはし》から山手《やまて》通りを五反田《ごたんだ》方面へ進んだ。

そしてすぐに右折する。国道二四六の裏道としてよく利用される片側一車線の道だ。

蛇崩《じゃくずれ》という交差点を通り、環七の野沢龍雲寺《のざわりゅううんじ》の交差点まで達するので『蛇崩通り』と呼ばれたり『野沢通り』と呼ばれたりする。

細い通りだから検問がないとは限らない。むしろ、裏道で罠を張っている場合もある。

飲酒運転などの取締まりは、とくに「こんなところで」と思う場所で検問を張っている。

確率の問題だった。

片側何車線もあるような道のほうが、やはり検問はやりやすい。

この蛇崩通りのように片側一車線の道で検問などやるとドライバーの不満が爆発してしまう。

そして、どうしても、片側通行となるため不自然な渋滞が生じるので、察知しやすいのだ。

工藤は、落ち着いて車を走らせていた。車の流れに乗り、やたらにスピードを出したりといった不自然な走行は極力避けた。

今ごろは、車を奪われた若者が、警察に通報しているだろう。警察では、車を奪ったのが工藤だとすぐに気づくはずだった。

幹線通路は、がっちり固められているはずだ。

だが、彼は慌てていない。とにかくＣＩＡを振り切り、渋谷から逃げ出しただけで上出来だと考えていた。

工藤はラジオをかけた。どうせ、ニュースではたいした情報は得られないが、それでも、何も聞かないよりはましだ。

環七へ出ると左折し、駒沢《こまざわ》通りへ出る。環七と駒沢通りの交差点は陸橋だ。その陸橋を右折し、どんどん都心から離れていく。

「話しておきたいことがあるの」

ラジオの音量を絞ると、亜希子が言った。

「何だ?」

「あたしが、ＣＩＡに追われている理由をまだ全部話していないわ」

「あんたが、『グリーン・アーク』とCIAの陰謀を記録したディスクを持っているから──それだけで充分だ」

「その陰謀の内容を話していない」

「内容を聞く必要はない」

「聞いてもらいたいの」

「なぜだ？」

「ふたりとも生き残れるかどうかわからない。もしかしたら、警察に捕まるかもしれない──そう思い始めたからよ」

「君が死んだら、俺がディスクを届けるというのか？」

「そう。そして、あたしもディスクも失われたら、あなたが、ディスクには何が記録されていたかを、話してほしいの」

「証拠の品がなくては、話をしたところでしょうがない」

「アメリカからのお客は、耳を傾けてくれるはずよ」

亜希子の口調は真剣だった。

工藤はうなずいた。

「君の言うことにも一理ある。ふたりそろって、アメリカの客に会えるとは限らない。情報は共有しておくべきかもしれない」

「最大の環境問題は、人類という種の個体数だといったのは覚えてる?」

工藤はまたうなずいた。

「人口問題だ」

「そう。そして、『グリーン・アーク』はCIAと組んで、人類を自らの手で粛清《しゅくせい》しようとしているというのはわかってくれたわね」

「君が持っているディスクには、その粛清の方法が記されているんだな?」

「そう」

「聞こう。どんな方法だ?」

「『グリーン・アーク』は、人類の数を大幅に減らさなければならないと考えている。そして、CIAはそのために核戦争を起こそうと考えたの」

「核戦争……?」

工藤はかぶりを振った。「アメリカが好戦的な国であることは誰でも知っている。いや、あの国は戦争をすることでしか、国家を維持できないと言ってもいい。代表的な戦争国家だ。しかし、核は使わない」

「過去に一度、使っているわ。それも二発も」

「だが、それ以降は一度も使わなかった。朝鮮戦争でも、ベトナムでも、湾岸戦争でも……。第一、核兵器は厳重に管理されている。簡単に核戦争など起きはしないんだ。いくらＣＩＡががんばろうと……」

「先に核を使うのは、アメリカとは限らないわ」

「ロシアはもう核を使う理由はない」

「そう。ロシアはね……」

「では、どこが……」

「ＣＩＡは、北朝鮮に核ミサイルを撃たせようとしているの」

「北朝鮮……」

工藤は、一気に話が生々《なまなま》しく現実味を帯びてきたように感じた。暴君が支配する特殊な共産国には、民主国家の常識は通用しない。

「目標は東京」

「だが、北朝鮮が日本を核攻撃する理由がない」

「理由を作るのがＣＩＡの仕事よ。これまでに、ＣＩＡは世界各地で紛争の火種を作り、その火種に油を注いできたわ。たしかに、日本は北朝鮮と事を構える気などないでしょう。何のメリットもないのだから……。でも、北朝鮮にメリットがあれば……」

「アメリカの思惑……」

工藤はつぶやいた。

「そう。あくまでＣＩＡはアメリカのために働いているのよ。彼らが人類のためというときは、アメリカのエスタブリッシュメントのためという意味なのよ」

「しかし……。日本は、アメリカの最大のマーケットのはずだ。もちろん貿易黒字の問題はあるが、それも互いの貿易の規模が大きいからで……」

「第一に冷戦の構造がなくなったことで、アメリカは新たなマーケットを期待し始めた。まず、中国、そして将来的にはロシア。ロシアについては、原子力発電やダムなど大型プラントが期待できる。日本と通商するより、おいしいかもしれない。そして、第二に――。これが重要なのだけど、日本はアジアで最大のエネルギー消費国なの」

「それは、アメリカにとって商売の上でありがたいことなのではないか？」

「CIAは、『グリーン・アーク』の提案のほうを重視したわ。つまり、目先の利益より、地球全体の利益を重視したというわけ。地球全体を低エネルギー消費型に、一気に作り変えたいというわけ」

「たしかに北朝鮮には、労働一号、労働二号と呼ばれる長距離ミサイルがあり、東京はその射程に入っているといわれている……」

「北朝鮮が核拡散防止条約から脱退したのはその布石といわれているわ。北朝鮮が東京に核を撃ち込む。すると、アメリカは、日米安保条約を旗印に、代理報復を始める。第二次朝鮮戦争ね。ここでも核を使うシナリオが用意されている。核には核で報復するわけ。戦場は、日本と朝鮮半島。やがて戦火は中国国境地帯へと広がっていく……」

「だが、核は、最大の環境汚染物質だ。『グリーン・アーク』がそれを許すなんて……」

「劣悪な核兵器ほど環境への影響は大きいわ。放射性物質が燃え尽きずにばら撒《ま》かれるから……。でも、性能のいい核兵器は環境への影響は少ないの。長崎も広島も砂漠にはならなかったでしょう。核に関する中国の北朝鮮への技術援助を、CIAは黙認するように政府に提言しているけれど、そういう目論見《もくろみ》があったのだと言われている……」

「本気でやる気なのだろうか……」

「本気よ。人類の数を半減——できれば三分の一以下にしたいと本気で考えているの。人類が増え続けることに比べれば、多少の核汚染など取るに足らない——一部の学者はそう結論づけたの。一部の学者というのは、『グリーン・アーク』のブレーンね」

「核戦争だと……」

工藤はつぶやいた。

3

「逃げられた……？」

ショートストップは、国仲の報告を聞いてつぶやいた。

工藤が計七人のCIAスタッフを倒して、まんまと逃げたという知らせが入っていた。

その知らせを聞いても、なぜかショートストップの機嫌は悪くはなかった。

どこか嬉しそうなところさえあるのを、国仲は不思議に思った。

「大学生のカップルがホテルから出て来るところで、車を奪われたそうです。車種もナンバーもわかっていますのでじきに発見できると思いますが……」

「どうかな……？」

「は……？」

「警察の無線機は手に入るかね？」

「入ると思いますが……」

「手配して、そいつを車に積んでくれ。そしたら、三時間だけ仮眠を取っていい」

「眠らなくても平気です」

「だめだ。明日は一日中、車で走り回ってもらわねばならないかもしれない」

「わかりました。無線の手配をして、仮眠を取ります」

ショートストップはうなずいた。

「私も少し眠ることにしよう」

工藤は、常に裏道を走り回り、ようやく多摩《たま》川を越えた。世田谷区鎌田《かまた》四丁目を左折して二子玉川園《ふたこたまがわえん》まで来て、一度国道二四六へ出る。

新二子橋を渡ったのだった。

溝《みぞ》の口《くち》を左へ行くと、団地が立ち並ぶ一帯にやって来た。団地のひとつにゆっくりと車を乗り入れる。駐車場はいっぱいだった。団地内の車道に駐車している車も多い。

工藤は、そうした車と車の間にインテグラをそっと駐《と》めた。

エンジンを切る。

「おそらく、夜が明けるまでは安全だろう。ここで休むことにしよう」

「あの団地の中には、平和な家庭があるのね……」

「そうとは限らんさ。誰しも悩みをかかえているもんだ」

「そうね……。確実に滅びの道を歩んでいることにも気づかず……」

「核戦争か……。狂人のたわごとだと思っていたのだが……」

「現実味が増してきた?」

「CIAがあんたを本気で追い回しているのがその証拠だ。そんなことが暴露されたら、CIAにとって致命的なスキャンダルとなる」

「おそらく、アメリカの客は、暴露はしない。でも計画を確実にストップさせる力があるはずよ」

「ヨーロッパにはけっして核を落とそうなどとは考えなかっただろうな……」

「え……?」

「これが、北朝鮮と日本だから考えついたんだ。WASP《ワスプ》は、黄色人種やその他の有色人種を殺すことにそれほど罪悪感を感じないものなのだ」

WASPというのは、アメリカのエスタブリッシュメントを形成する人々のことだ。ホワイト、アングロサクソン、プロテスタントの頭文字《かしらもじ》だ。

「アメリカは大戦後は、常にそういう戦争を繰り返してきた。冷戦時代、ソ連の人間は殺さなかったが、その代わりにアジアや中東の人間を大勢殺した。ロシア人は白人だからな……」

「偏見に聞こえるわ。あたしはマイアミで働いていたけれど、そんなことは一度も感じなかった」

「平和な日常では本質は隠していられる。俺は、戦場で実感したんだ」

亜希子は何も言わなかった。

工藤は、心の奥でちくりとするものを感じた。罪悪感だった。

余計なことを言ってしまったと感じた。話題を変えることにした。

「あんたは何を信じているんだ?」

「え……?」

「環境保護という言葉は、人類が自分たちのために作ったものだということもわかる。環境保護の前に立ちはだかっているのは進化だというのも、いちおう理解したつもりだ。だからこそ、環境保護の第一線に立つ人々は絶望した……。そして、あんたは、その絶望を理解している。なのに、あんたは人類の粛清に反対の立場に立とうとしている」

「あたしは、すべての物事はゆるやかに変わるものだと信じているの」

「ほう……」

「そして、自然の力も信じている。自然の力――宇宙のメカニズムは、合理的に働いているはずだと信じているの。中世のヨーロッパで人口が激減したことがある。原因は戦争や飢餓ではなく、ペストだったわ。人類はさまざまな病気を克服したけれど、次々と新しいウイルスも生まれてくる。ウイルスも自然界が生み出す生物のひとつよ。もし、大自然が必要だと感じたら、病気か何かで人口を大幅に減らすはずだと、あたしは考えている。まだ人間の数は大自然の許容範囲内なのよ」

「そう。環境保護論者の発言ではないな……」

「環境信者……」

「あたしは、環境保護運動を通過して、環境信者になったのかもしれない」

「あたしは、人類が人類を粛清する必要などけっして認めない。精いっぱい繁栄して、精いっぱい生き延びようとするのが自然なのよ。必要なときが来れば、大自然が粛清するわ」

「そうだ」

工藤は言った。「生き残ろうとするのが本当なんだ。俺もあんたも生き延びねばならない。そして核なんぞを使わせてはならない」

亜希子はうなずいた。

「明日も、逃げ回り、生きるために戦わなければならない。今のうちに少しでも眠っておこう」

工藤はシートを倒し、腕を組んだ。

亜希子もそれに倣《なら》った。

夜中の三時に、国仲が部屋にやって来た。ショートストップはソファーで熟睡していたが、その物音で目を覚ました。

ショートストップの目覚めは、野生動物のようだった。起きたとたんに頭は回り始め、体がスムーズに動く。

「無線機は用意できたか?」

「はい。すでに車にセットしてあります」

「少しは眠ったのか?」

「はい、眠りました」

この一言でショートストップは国仲への信頼を強めた。

眠るべきときに眠れない人間は、いざというときに使いものにならなくなる。

椅子にかけてあった上着を手にして、ショートストップは言った。

「よし、それでは車へ行こう」

ショートストップはネクタイをゆるめたままだったが、この時間の大使館内にそれを咎《とが》める者はいない。

駐車場へ行き車に乗り込む。

ショートストップが助手席にすわり、国仲がハンドルを握る。

国仲がショートストップに無線の使い方を説明したが、どうやらそれは必要ないようだった。

ショートストップは、こういう機械に通じているようだった。無線機などは、どんな国のどんなメーカーのものでも、基本的な使い方は同じなのだ。

「よし、駐車場から出よう」

ショートストップが言う。

国仲はエンジンを掛け、ゆっくりと発進した。

ショートストップは、スイッチを入れてボリュームを調節した。

「周波数は？」

「このへんは東京第一方面ですから、一五五・二二五メガヘルツ」

ショートストップはデジタル表示の周波数を合わせた。

空電がさっと切れて、警察無線が流れ始める。

「私は日本語がよくわからない。有効な情報が流れたら、すぐ通訳してくれ」

「わかりました」

ショートストップは、今までになく生きいきして見えた。

（眠ったせいだろうか――）

国仲は思った。（でなければ、この人は、狩りを楽しんでいるのかもしれない）

夜が明けるころには、工藤は目を覚ましていた。

目を覚ますときに、彼は、ずいぶん昔の戦場を思い出していた。

男たちの汗の臭い。アドレナリンの甘い臭いを含んだ汗だ。

その汗が服に染《し》み込み、ひどい臭いに変わる。

肌には土埃《つちぼこり》がこびりつき、髪は藁《わら》のような感触になる。

自動小銃の感触と、グリスの臭い。

風の音。

肉体を酷使すると、自然と戦場のことがよみがえってくる。

そして、彼は尿意を覚えていた。腹も減っている。

目が覚めるにつれ、男たちの汗の臭いや自動小銃の感触が消え失せた。尿意だけが本物だった。

昨夜から、あまり水分は摂《と》っていない。だが、尿は確実に溜まる。亜希子も同様のはずだった。

ジャングルや砂漠の野営だったら、そのあたりで用を足せばいい。強行軍のときは、歩きながら用を足したこともある。

男たちのひどい体臭の原因のひとつとなるだけだ。

やがて、腰まで水につかって沼地や川を渡る。だから小便も気にしなかった。

工藤だけなら、そのあたりで用を足せばよかった。

だが、亜希子はそうはいかない。亜希子はまだ寝息を立てている。

疲れが緊張に勝《まさ》ったようだ。眠れるのは良い兆候だ。彼女はまだ頑張れる。

工藤はエンジンをかけた。夜が明けてしばらくすると、人々は勤めに出かける。

その前に移動しなければならなかった。そして、逼迫《ひっぱく》した生理的な欲求もある。

工藤は通りへ出ると、ほどなく、二十四時間営業のファミリーレストランを見つけた。

この時間、駐車場は空《す》いている。目立たぬところに、インテグラを駐めた。

震動で亜希子が目を覚ましていた。

「食事だ。トイレにも行かなければならない」

工藤は言って、サイドブレーキを引いた。

「助かったわ」

亜希子が言った。

席に着くと、まず亜希子をトイレへ行かせた。

彼女はなかなか戻って来ない。工藤もかまわず席を立つことにした。

ついでに大便をしておく。寝不足になり、なおかつ、水分をひかえると便が固くなる。

何とか用を済ませ、口をゆすいだ。顔を洗うと、少しは気分が良くなった。

「明日までだ……」

工藤は鏡の中の自分にそう言った。

ショートストップは渋谷へ行くように命じた。

道玄坂二丁目のホテル街だ。早朝のこの時間、こうした街は妙に白けた感じがする。

通勤客が通り過ぎ、時折、一晩過ごして疲れ果てた様子のカップルが姿を見せる。

工藤と亜希子が最後に姿を見せたのがこのあたりなのだ。

渋谷は東京第三方面なので、無線を一五五・三二五メガヘルツに切り替えていた。同時に渋谷署の署活系である三四七・七一二五メガヘルツも聞く。

国仲は、路地に車を停めて言った。

「降りてみますか？」

ショートストップはかぶりを振った。

「その必要はない。彼らが最後に姿を見せた場所まで、われわれも駒を進めたというだけのことだ」

「やはり、ホテル街に現われましたね」

「だが、泊ろうとはしなかった……」

「こちらの考えはお見通しというわけですかね……？」

「工藤も必死で頭を使っているということだ」

「CIAの実動部隊が次々と工藤にやられている。CIAというのは、プロ中のプロです。世界の諜報組織をリードしているという誇りも持っている。なのに、工藤という男を捕まえられずにいる……」

「その誇りが問題なのさ。工藤はなりふりかまわず逃げ回っている」

「そうかもしれません。ノウハウの蓄積は、時に惰性を生みます」

「今回、CIAは、ひとつだけ、じつに賢明な決定をした」

「わかりますよ。あなたを雇ったことでしょう？」

「まあ、そういうことだ」

「ところで、工藤を発見したとして、どうやって捕まえるのです？　彼らはベレッタを二挺奪っていったということですか……」

「心配することはない。見つけさえすればいい。見つけさえすれば、私が何とかする」

その言葉は、得体《えたい》の知れない自信に満ちていた。

工藤と亜希子は、多少無理をして、高カロリーの食事を摂《と》った。パスタやライス、じゃがいもといった炭水化物も多目に摂っておく。

昼に食事ができるという保証は何もないのだ。

工藤はコーヒーを飲むと、さらに少し活力が湧いてきたような気がした。

「アメリカと連絡を取らなければならないわ」

「カードを使ってかければいい」

工藤は財布からテレホン・カードを取り出して渡した。「こんな時間でだいじょうぶなのか?」

「あたしが電話する相手は二十四時間、いつでも連絡が取れるわ」

彼女は緑色の公衆電話へ向かって歩いて行った。

コットンパンツに包まれた腰の丸さが美しい。

電話が通じるまでやや間《ま》があったようだった。最初、彼女は小声でやりとりをしていたが、やがて興奮してきたようで、声が大きくなった。

早口の米語でまくしたてる。

やがて、彼女は電話を切った。

「どうしたんだ？」

戻ってきた彼女に、工藤は尋ねた。

「あたしたちがどんな目に遭《あ》っているか、彼らは実感していないのよ」

「そうだろうな。それで、その彼らというのは？」

「それは秘密なの」

「CIAの陰謀についてはあれだけしゃべりたがっていたのに……？」

「相手に迷惑がかかる可能性があるからよ。もし、会う前に、あたしかあなたが捕まって、相手の名をしゃべってしまったら、CIAは先手を打つかもしれない」

工藤は即座に納得した。

CIAに捕まれば、知っていることはすべてしゃべらされると覚悟しなければならない。しゃべらずに済む方法はひとつ、死ぬことだけだ。

CIAには、尋問について専門に研究しているスタッフが大勢いる。そのノウハウの蓄積も膨大だ。

拷問ももちろん研究し尽くされている。拷問に耐えられる人間というのは、一般に思われているよりずっと少ない。

また、拷問よりやっかいなのは薬を使う場合だ。

自白剤と呼ばれているのは、バルビツル酸などの一連の向精神剤で、その正体は、単なる中枢神経の鎮静剤に過ぎない。

問題は、自白剤を注射したあとの尋問のテクニックなのだ。

バルビツル酸などを注射され、CIAプロフェッショナルに尋問されて、なおかつ秘密を守ることのできる、強い精神力の持ち主など、まずこの世には存在しない。

「それで、落ち合う場所は決まったのか?」

「その点で、あたしと先方の意見が食い違ったの。でも向こうは譲らなかったわ」

「どこだ?」

誰にも聞かれる心配などないはずだった。

それでも、彼女は用心していた。すっかり工藤の習慣を学んでしまったようだ。

彼女は身を乗り出した。工藤も、同様にする。

亜希子はテーブル越しに、そっとささやくようにその場所を告げた。

工藤は、ただうなずいただけだった。

6章　聖なる潜伏

1

午前七時を過ぎ、工藤たちはファミリーレストランを出た。

脇《わき》の駐車場へ行こうとして、工藤は足を止めた。

ゆっくりとパトカーが駐車場に入って来るところだった。

神奈川県警川崎《かわさき》署のパトカーだ。パトカーが駐車すると、中からふたりの警官が降りて来た。

工藤は、その様子をファミリーレストランの陰からうかがっていた。亜希子もパトカーに気づいている。

ふたりの警官はインテグラに近づいて行った。

駐車場には、入口と出口があった。インテグラは出口に近い場所に置いてある。

工藤は、入口のほうへそっと向かう。亜希子も用心してそのあとに続いた。

地の利はないが、この場から逃げれば何とかなると工藤は思った。

だが、警官の片方が工藤たちに気づいた。手配中の容疑者と思ったかどうかはわからない。

何かを感じ取ったのだろう。その警官は工藤たちに声をかけた。

「ちょっと、あんたたち、待ちなさい」

工藤は、警官に呼び止められた一般の人が見せる、ごくあたりまえの態度で立ち止まり、警官たちに近づいた。

「ひょっとして、この車、あんたたちのじゃない?」

声をかけた警官が言う。

四十を過ぎた、たくましい警官だった。階級章に星が三つ。巡査部長だ。

工藤は何も言わない。さらに近づく。

亜希子は二歩ほど遅れて工藤に続いている。

誘拐犯と人質のようには、どう見ても見えない。それで、警官たちは警戒をしなかったのだろう。

しかし、そこはやはり警察官だ。工藤の顔に見覚えがあることに気づいた。

もうひとりの警官がインテグラのナンバープレートから顔を上げる。

「部長、間違いありませんよ」

その警官は工藤を見てはっとした。

工藤はそのふたりの警官の反応を見逃さなかった。

左足を踏み込んで、右足のローキックを巡査部長の大腿《だいたい》部外側に見舞った。

バランスを崩し、顔をゆがめながらも巡査部長は工藤にしがみついて来た。

つかまれたら、それだけ逃げるチャンスはなくなる。相手は柔道のエキスパートのはずだ。

工藤はしがみつかれる前に、振り猿臂《えんぴ》を相手の脇に叩き込んだ。

「ぐふっ……」

巡査部長は、思わず脇を押さえた。体の力が抜ける。

肋《あばら》にひびが入ったはずだ。それくらいの手ごたえだった。

すかさず、工藤は相手の頭を押し下げ、同時に膝《ひざ》を突き上げた。膝が顔面に叩き込まれる。

若いほうの警官は、ホルスターのホックを開《あ》けてカバーを外《はず》していた。拳銃を出そうとしている。

だが、彼が拳銃を構えるより、亜希子のほうがはるかに早かった。

「動かないで……」

亜希子が言った。

その声のほうを向いた警官は、驚きのため立ち尽くした。出しかけたリボルバーをホルスターの中に戻す。

亜希子はベレッタの九ミリ・オートマチックを構え、ぴたりと警官を狙《ねら》っていた。

工藤はするすると、若い警官に近づき、後ろ向きにさせた。インテグラに両手をつかせる。

警官は亜希子を見て言った。

「あんた、人質じゃないのか……」

「冗談じゃないわ。誘拐事件なんてCIAのでっちあげよ。上の人にそう伝えるのね。あたしが、この人にボディーガードをたのんだのよ」

「ボディーガード……?」

「そうよ」

「なぜ、それを警察に言わない」

工藤が亜希子の代わりに答えた。

「警察は容疑者の言うことをなかなか信じない。われわれにはわからずやの警察を説得している時間がない。捕まるわけにはいかんのだ」

警官が何か言いかけた。

しかし、工藤はそれを許さなかった。耳の下に力いっぱい鉄槌《てっつい》を打ち込む。たちまち、警官は眠った。

工藤は亜希子と協力して、ふたりの警官をインテグラに押し込んだ。そしてドアを閉める。

もともと、工藤はインテグラを、外から見えにくい位置に駐めていた。ここでの一連の出来事に気づいた者はいなかった。外からはなかなか気づかない場所にあるインテグラを怪しいと思った警官を、工藤はさすがだ、と思った。

あるいは、何かの偶然なのかもしれない。

工藤は、亜希子にパトカーに乗るように言った。

警官たちは、おそらく十分以内に目を覚ます。それほど長く気を失っているものではないのだ。

工藤は運転席にすわり、エンジンをかけた。無線の音が流れている。

「こいつは、けっこう便利かもしれないが……」

「どうしたの?」

「神奈川県警の車で都内を走り回っていたら、たちまち怪しまれちまう」

「都内に入ったら、車を捨てればいいわ」

工藤は亜希子の横顔を一瞥《いちべつ》して、思わず笑い出しそうになった。頼もしいじゃないか

——彼は心の中でそうつぶやいていた。

先に意識を取り戻したのは、若いほうの警官だった。

耳の下は、危険な急所だ。

ここを打たれて、一時間以上気を失っていたら、死ぬことを心配しなければならない。

五人のうち三人は死ぬといわれている。

この若い警官は運も良かったが、柔道で首を鍛えているのが役に立ったのだ。

鼻梁《びりょう》を折られ、顔面を血で染めている巡査部長を揺り動かそうとして、彼ははっとした。

気を失っている者を、けっして揺り動かしてはいけないという注意を思い出したのだ。

身を起こすと、ひどい頭痛がして、一瞬、体の力を抜いてしまった。

深呼吸をして、注意深く体を動かす。今度はだいじょうぶだった。

自分が見知らぬ車の中にいることに気づいた。

まだ頭がふらふらする。幸い吐き気はない。柔道の練習で、あやまってひどく頭を打ったときに似ている。

人間、どんなことでも、過去に経験があればそれほど恐ろしくはない。

若い警官は、そろそろと体を動かしてドアを開けた。後ろ向きに車から這い出す。

自分がいたのは、手配中のインテグラだったことに気づいた。すぐそばに駐車したはずのパトカーがない。

若い警官は大きく息を吸った。

彼は、駆け出した。

ずきん、とまた頭が痛んだ。だが、彼はかまわなかった。

今は、頭痛どころではない。

彼はファミリーレストランに飛び込み、電話で川崎署に連絡した。


パトカーの無線から、パトカーが強奪されたという知らせが流れて来た。

「犯人は、国道二四六を東京方面に向けて逃走中」と、県警では言った。

そして、緊急配備の指令を出した。

「相手の情報が手に入ると、行動は一気に楽になる」

工藤は言った。

彼は、多摩川を渡ると、環八を右折し、さらに等々力《とどろき》不動尊前の交差点を左折して目黒《めぐろ》通りに入った。

「サイレンと回転灯のスイッチを探してみてくれ」

工藤は亜希子に言った。

「どうするの?」

「たぶん、いざというとき、役に立つだろうと思ってな……」

「これだわ……」

彼女はスイッチを見つけた。

「ちょっと試してみよう」

工藤が言うと、亜希子は両方のスイッチを入れた。サイレンにはふたつのスイッチがある。

回転灯が点《とも》り、サイレンが鳴る。

前の車が左へ寄って道を開けた。

工藤はその車の脇をすり抜け、赤信号を突っ切った。

「こんなに気分のいいものとは知らなかったわ」

亜希子が言った。

「警官が特権意識を持つようになるのも当然だな。もういい。サイレンを切ってくれ。あまり目立つのもいけない。これは川崎署の車だからな。縄張り外なんだ」

川崎でパトカーが誘拐犯の工藤に盗まれ、そのパトカーが東京方面へ向かったという知らせは、すぐさま、警視庁にも入った。

警視庁の通信指令室から各警察署と各移動にその情報は伝えられた。

とくに、世田谷区、大田《おおた》区、そして、調布《ちょうふ》市、狛江《こまえ》市といった、多摩川を隔てて川崎市と隣り合う町の警察署は手ぐすねを引いて待ち受けていた。

手柄を立てるチャンスなのだ。

工藤が、無線の周波数を、東京第三方面の周波数に合わせていたなら、まったく安全だったかもしれない。

しかし、彼は、警視庁各方面の周波数までは知らなかった。

目黒通りと自由《じゆう》通りの交差点——中根《なかね》の交差点に差しかかる手前で、突然、サイレンの音が聞こえた。

工藤はバックミラーを見た。パトカーが回転灯を光らせて追って来た。

パトカーは、突如現われた。

工藤は当然あたりを注意深く見ながら運転していた。後方にはパトカーの姿はなかった。

左手にガソリンスタンドがあった。

そのあたりに潜《ひそ》んでいたに違いなかった。

工藤は落ち着いて言った。

「回転灯とサイレンがさっそく役に立ちそうだ」

亜希子は、すぐにスイッチを入れた。

工藤が運転する川崎署のパトカーは、目黒通りの一般車両を蹴散らすように疾走を始めた。

「発見しました」

国仲がショートストップに告げた。「工藤たちが盗んだパトカーは、目黒通りを都心に向かっています」

「行こう。できるだけ、近づくんだ」

「目黒通りに向かいます」

国仲は道玄坂に駐めてあった車を出した。

「なぜ、川崎から戻って来たのでしょう?」

国仲は尋ねた。「川崎というのは、東京の西側にある隣りの県の町です。少なくとも、そこに潜んでいたほうが安全だと考えるのが普通じゃないでしょうか?」

「それは違う。工藤のほうが正しい」

「正しい……?」

「つまり、工藤は戦場の鉄則に従っている。動けるうちに、目的地にできる限り近づいておくのだ。川崎でトラブルが起きた場合と、目的地の近くでトラブルが起きた場合、どちらが目的地にたどり着きやすいかは明白だろう」

国仲は納得した。

彼らは、山手通りに入り、大鳥《おおとり》神社の交差点へ向かっていた。

サイレンと回転灯の威力を発揮するためには大きな道を走っていたほうがいい。例えば、片側一車線の道が渋滞しているような場合、いくらサイレンを鳴らしたところで進みようはないのだ。

工藤は目黒通りをそのまま進んでいた。たちまち環七を過ぎる。

正面を見据えていた彼は、思わず、奥歯をぎゅっと嚙《か》みしめた。

正面に、二台のパトカーがバリケードを作っていた。

進行方向の二車線を完全に塞《ふさ》いでいる。彼らは銃を抜いている。

その周囲に警察官が立っている。

工藤は亜希子に言った。

「シートベルトをしっかり締めてつかまっていろ」

パトカーのバリケードはどんどん迫って来る。

警官たちは銃を構えた。

だが、彼らはやはり撃たなかった。流れ弾《だま》や跳弾《ちょうだん》のことを考えると、街中ではとても発砲できないのだ。

工藤は、ブレーキを踏まなかった。

警官たちが散りぢりに、歩道のほうへ逃げるのが見えた。

工藤は、一度だけブレーキを踏んだ。対向車線を進んで来るトラックにタイミングを合わせるためだ。

工藤は思いきって反対車線に飛び出した。

真正面にトラックのフロントグリル。

トラックはけたたましくクラクションを鳴らし急ブレーキを掛ける。

タイヤがロックされて、トラックの車体が流れる。

工藤はすかさず、パトカーにぶつかるくらいにハンドルを切った。

バリケードを作っていたパトカーのテールに接触した。それだけでひどいショックが伝わって来た。

テールランプを覆《おお》っていたプラスチックが砕けて飛び散った。

パトカーが接触の勢いで尻を振る。

工藤は、車の側面を激しくこすりながらすり抜けた。

トラックは道に対して斜めになって停まっていた。

バリケードを作っていたパトカーの周囲に警官が飛び出て来る。

追って来たパトカーは、そのまま、そこで停まらざるを得なかった。バリケードの二台のパトカーと停車したトラックに、完全に道を塞《ふさ》がれていたのだ。

工藤はきわめて冷静に見えた。

自分でも冷静のつもりだった。

だが、今、舌が冷たく痺れたようになり、全身に汗が噴き出していた。

追って来るパトカーはいなくなっていた。しかし、どこかで、まだサイレンが聞こえている。

工藤は大鳥神社の交差点を左折した。

山手通りに入り、まっすぐに進む。駒沢通りとの立体交差を越え、東急東横《とうよこ》線中《なか》目黒駅までやって来た。

中目黒駅の改札口は山手通りに面している。改札口正面の横断歩道の手前で車を左に寄せる。

「ここで車を捨てよう」

工藤は言った。

パトカーから私服の男女が降りて来たのを見て、怪訝《けげん》そうな顔をした通行人が何人かいた。

何か事件かと、興味深げに立ち止まって見ている者もいる。だが、それだけだった。

工藤と亜希子が中目黒駅の中に消えると、彼らは何事もなかったように歩き出した。

「あれだ！」

国仲が突然声を上げた。

彼は、すでに工藤が道路封鎖を突っ切って走り去ったことを無線で知っていた。

山手通りで、対向車線を走って来るパトカーに気づいた。すれ違うとき、そのパトカーのフロントがひしゃげており、間違いなく神奈川県警のパトカーであることを確認したのだった。

すでに彼らは大鳥神社の交差点のすぐ手前まで来ていた。

「くそっ！」

国仲は、大鳥神社の交差点でしゃにむにUターンをした。

驚いたタクシーが、クラクションを鳴らす。国仲はかまわず、パトカーを追った。

パトカーが中目黒の駅前に停車するのを、国仲とショートストップは見た。

「東横線中目黒の駅です」

国仲は説明した。「あの駅から、渋谷へ向かう東横線と地下鉄の日比谷《ひびや》線のどちらかに乗ることができます」

「ここで車を捨てたか……」

「そのようですね」

「車を停めるんだ。追うぞ」

国仲は、空車のタクシーの間を縫《ぬ》って、何とか工藤が乗り捨てたパトカーの後ろに車をつけた。

ショートストップがまず飛び出す。

彼は、まっすぐに改札に向かった。国仲はやや遅れて続いた。

改札の駅員が、ショートストップの勢いに驚き目を丸くした。

ショートストップは、まったく躊躇《ちゅうちょ》せずに改札を突っ切る。

われに返った駅員が、後に続いていた国仲を押し留めようとした。

「右だ。右の階段です」

国仲は叫んだ。

東横線も日比谷線も上り列車は、改札から見て右側の階段だった。ショートストップは一段置きに駆け上がった。

ホームの中を見渡す。

だが、すでに工藤たちの姿はなかった。それでもショートストップはホームに歩み出て念入りに見回した。やはりいない。

彼は改札口に戻った。

国仲と駅員が言い争っていた。国仲は、英語でまくしたてていた。日系の外国人を装っているのだ。

ショートストップがその言い合いに参加した。

無賃乗車をしたわけではないので、結局駅員たちはあきらめ、行っていいと言った。じつのところ、彼らは英語でまくしたてるふたりに閉口したのだ。

「また、警察無線に耳を傾けることにしよう」

ショートストップは車に戻る途中言った。

「分《ぶ》はわれわれにある。工藤たちは、確実に追いつめられつつあるんだ」

2

工藤と亜希子は発車間際の日比谷線に飛び乗っていた。

乗ると、ふたりは、車両を移動して尾行の有無《うむ》をチェックした。

この列車は、中目黒が始発だったので空《す》いており、車両の中の見渡しが利《き》く。

尾行や監視はなかった。

ふたりは並んでシートにすわった。

工藤は時計を見た。まだ、午前九時を少し過ぎたばかりだ。

「アメリカの客と会うのは何時だ？」

「明日の午前十一時」

「あと二十六時間……」

「逃げ切って見せるわ。ここまで来たんですもの」

「ああ。俺が保証する」

「エドは嘘をつかなかったわ。あなたを訪ねて本当によかった」

「そう。幸いなことに、俺はまだ依頼主を失望させたことはないんだ」

「残り二十六時間。これからどうするの？」

「安全だと思える場所があればそこにできるだけ長くいる」

「そんな場所があるのかしら？」

「例えば、今、われわれはこうしてシートに腰を下ろして話をしている。誰にも追われていない。監視もついていない。できるだけこの状態をキープして時間をかせぐ。状況が変わったら、また安全な場所を求めて移動する」

「ずっと地下鉄に乗っているの？」

「浮浪者の中には、そうやって生活している者もいる。真似《まね》をできない理由はない。何もこの電車に乗り続けることはない。一度降りて、駅の構内で時間をつぶす。トイレも売店も駅にある。そしてまた地下鉄で移動する。別の線に乗り替えてみるのもいい。一度通ったところを逆行するのもいい。何往復かすれば、警察の捜査の手が伸びているかどうかもわかるだろう」

「わかったわ。あなたに言われると、何だかやれそうな気がしてくる」

「そう。やれると信じているからな」

実際、彼らはそれを実行した。

何度も下車をして、ホームで時間をかせぐ。時には、向かい側に来た電車に乗り、今来た経路を逆行した。

何本かの線が乗り入れている駅では、別の線に乗り替え、さらに何度か往復したりした。日比谷線から始まり、銀座《ぎんざ》線、丸《まる》ノ内《うち》線、千代田《ちよだ》線、東西《とうざい》線、有楽町《ゆうらくちょう》線、半蔵門《はんぞうもん》線と、あらゆる路線に乗り、あちらこちらの駅に降りてベンチで休んだ。

その間、工藤は警戒を怠《おこた》らなかった。尾行をチェックし、監視の有無を確かめた。


「警察は、完全に工藤を見失ったようですね」

国仲は、無線を聞いて、ショートストップに報告した。

ショートストップは灰色の眼をじっとフロントガラスに向け、何事か考えている。

「警察はすでに、中目黒で乗り捨てられたパトカーを発見しました」

国仲が続けて言った。「目撃した駅員の証言から、彼らが日比谷線に乗ったことはつかんだようですが……。迷路のような地下鉄に逃げ込まれてしまったら、われわれＣＩＡでもお手上げですね……」

「そう」

ショートストップが言った。「われわれにはちょっと手が出せない。だが、警視庁の動員力なら、何とかなりそうな気がする。警察官は地理に明るい。地下鉄網にも詳しいはずだ……」

「それはそうですが……」

「穴に逃げ込んだ獲物は、燻《いぶ》し出すに限る。彼らは、いつまでも地下鉄路線内を逃げ回っているわけじゃない」

「そうですね……」

ショートストップは時計を見た。午前十時を過ぎていた。

彼は心の中でつぶやいた。

（九回裏、ツーアウトからが大切なんだよ）

工藤と亜希子は、地下鉄網の中で、四時間過ごした。常に移動し続けたが、シートや駅のベンチにすわっている時間が長く、疲労は少なかった。

今、彼らは、日比谷線の中目黒行きに乗っていた。この線に乗るのはこれで四度目だった。

広尾《ひろお》駅に着いたとき、反対側のホームにふたり組の制服警官の姿があるのに工藤は気づいた。

即座に彼は判断した。

「降りよう」

工藤は亜希子の腕を取り、発車間際の電車から降りた。

亜希子も反対のホームにいる警官に気づいた。

工藤が言った。

「地下鉄も安全ではなくなった。次の潜伏場所を探さなければならないようだ」

「移動し続けていれば、まだだいじょうぶじゃない？　すべての駅、すべての車両を警察がチェックするのは無理だわ」

「穴蔵の中は危険が大きい。逃げ道が限られてくる。穴からは出られるうちに出たほうがいい」

工藤は出口に向かった。

広尾駅は外苑西通りを挟んで両側に駅の出入口がある。

階段を昇り、地上へ出る。そこで、工藤は、地下鉄の構内でのんびりし過ぎたかもしれないと思った。

同時に、警察の動員力を侮《あなど》っていたことを思い知らされた。

外苑西通りにはパトカーが路上駐車していた。

そのパトカーの脇に、制服警官がふたり、立っている。

彼らは、そのあたりを行き交《か》う、白人の若い女性を眺めていた。

広尾は、昔から、外国人の多い土地だ。それもヨーロッパ系の人々が多く住んでいる。

警官たちは、まさか自分たちの持ち場に、犯人が現われるとは思っていないようだ。日常と非日常のささやかな断絶。本来、彼らの仕事は非日常的なもののはずだが、広尾の、まるで外国にいるような一種のどかな風景のせいで、そのことを忘れていたのかもしれない。

工藤は肝《きも》を冷やしたが、じきに、彼らの注意が地下鉄の出入口から逸《そ》れていることに気づいた。

「行くぞ。警官のほうをけっして向くな。彼らは視線に敏感だ」

工藤は、人の流れに紛《まぎ》れ込むゲリラの技術を発揮した。亜希子も何とかうまくやれた。

彼らは、銀行の角を左に折れて有栖川宮《ありすがわのみや》記念公園のほうに向かった。

右手に公園を見て進む。

工藤は、建物の上に十字架が立っているのを見た。

「あそこだ。教会にしばらく潜んでいよう」

工藤は左手にある教会に近づいて行った。

たしかに教会の扉は万人に向かって開かれている。とくに、罪人に対して開かれているはずだった。

扉を開けると、薄暗い聖堂に日が差し込んだ。昼下がりの細い日の光が、赤い絨毯《じゅうたん》をさっと照らした。

工藤は、先に亜希子を中に入れ、ドアを閉めた。

中年の婦人が一番後ろのベンチでひざまずき、祈っていた。

工藤と亜希子は、中央の通路に立ち尽くしていた。

香《こう》とロウソクの匂い。ドアを閉めると、聖堂の中は再び薄暗くなった。

左右の壁には聖画が並び、正面に祭壇がある。立派な十字架と燭台。神聖な静けさ。

「何か私でお役に立てることはありますか？」

物静かな声がして、工藤と亜希子はそちらを見た。

中年の婦人は、まったく無関心に、目を閉じて祈り続けているようだった。

聖具室のドアが開いていた。その中から、銀色の髪に青い眼をした大柄な神父が現われた。

いかつい顔と明るい青い眼、たくましい体格はいかにもアイルランド系という感じがした。

「しばらく、ふたりでお祈りをしたいのですが……」

神父は思慮深い眼差《まなざ》しで工藤と亜希子を見た。

「かまいませんとも」

神父は言う。「祭壇のそばへ行って、主にご挨拶《あいさつ》なさい。盆の中に聖水があります」

神父はまた聖具室に戻ろうとした。

「神父さん」

工藤が言った。「お祈りのあとでお話があるのですが……」

神父は、わずかに眉をひそめたが、すぐにうなずいた。

「いいですとも、声をかけてください」

彼は聖具室の中に消えた。

工藤は祭壇に歩み寄り、聖水を指に浸《つ》けると、額と唇に持っていった。そして十字を切る。それと同じことを亜希子もやった。

そして、祭壇の正面でふたりそろって膝を突き、手を合わせると、中央の通路を通って、後ろのベンチへやって来た。

中年の婦人と通路を挟んだ位置だった。

聖堂の中は、外界とまったく異質なくらいに静かだった。

工藤は、前のベンチの後部に付いている、詰め物をした台に両膝をついて両手の指を組んだ。

亜希子もそうだった。ふたりとも、じっと眼を閉じていた。ふたりは、中年の婦人が出て行くのを待っていた。

やがて、彼女が立ち上がる気配がした。工藤はそちらをちらりと見た。

中年婦人が目礼をして聖堂を出て行く。工藤も目礼を返した。

また、ドアの間から絨毯《じゅうたん》にさっと日が差し込んだ。ドアが閉まる音とともに、その日の光の筋が消えた。

中年の婦人は、妙なものを肌で感じ取っていた。

神父が何か面倒事に巻き込まれるのではないかと心配した。

そして、そのあと自分を戒《いまし》めた。

(このふたりは、結婚の相談にでも来たのかもしれない)

しかし、彼女はなぜかそうは思えなかった。それで、失礼とは思いながら、ふたりの男女の顔を盗み見たのだった。

とたんにぴんときた。

この中年の主婦は、テレビを見る時間が多い。家族が出かけたあと、ワイドショウをよく見る。

夜のニュース・ショウも夫のつき合いでよく見るほうだった。

彼女はそうした番組で、工藤の顔写真を何度も見ていた。そして人相を覚えていたのだ。

誘拐犯人というだけでなく、逃走のために、何人もの警官などに怪我《けが》をさせ、なおかつ、銃を持っているらしいということも知っていた。

彼女の中には、マスコミによって作られた工藤のひどく凶悪なイメージが植えつけられていた。

立ち上がって教会を出るまで、彼女は生きた心地がしなかった。

教会を出てほっとすると、今度は神父のことが心配になってきた。彼女は熱心なカトリック信者で、神父のことを心から尊敬していた。

その気持ちは尊敬以上だったかもしれない。

彼女は自分のやるべきことはひとつだと思った。警察に一刻も早く知らせなくてはならない。

一一〇番をしようと、電話を探した。そのとき、地下鉄の駅のそばにパトカーが駐まっているのが見えた。

彼女は夢中で駆けて行った。

教会は、渋谷署と麻布署のちょうど中間くらいの位置にあった。

通報を受けて、赤坂署に置かれていた捜査本部は、慎重に指示を出した。

麻布署や渋谷署のパトカーがサイレンを鳴らして駆けつけるようなことがないように徹底したのだ。

秘密裡《り》に教会を包囲するのだ。

警察は度重なる失敗に業《ごう》を煮やしていた。包囲する警官の中には、ライフルを持った狙撃隊も参加することが決まった。

「神父さん」

工藤は声をかけた。

アイルランド系の神父は、すぐに聖具室から現われた。

「お祈りはお済みですか?」

「ええ」

「話というのは?」

「驚かないで聞いてください。私たちは、ある事情で、日本の警察と、アメリカ政府のある組織の双方に追われているのです」

神父は何も言わない。表情も変えなかった。

工藤は続けた。

「だが、私たちは間違ったことはやっていない。ある信念にもとづいて行動をしているのです。迷惑でしょうが、一晩、ここに匿《かくま》っていただきたい。明日の午前中には、ここを出て行きます」

神父は工藤の眼を見ていた。そして、亜希子を見た。

工藤に眼を戻すと神父は言った。

「それを主にお願いしましたか?」

工藤は一瞬戸惑ったが、すぐに言った。

「ならば仕方がない。私は主のしもべです。居たいだけここに居るといい」

「しました」

「感謝します」

「教会は、頼って来た者を——それが罪人であっても放り出すわけにはいかない。主の御《み》旨《むね》にゆだねるだけです」

彼はまた工藤の眼を見ていた。

「これ以上のご迷惑はかけません」

「信念のために警察に追われる……」

神父はつぶやき、悲しそうにかぶりを振った。

「私は、故郷でそういう若者を何人も見たことがある。ずいぶんと昔のことだが……」

「故郷……? どこなんです?」

「ベルファスト」

「北アイルランド……」

「そういう若者は、あなたと同じ眼をしていた」

そう言うと彼はくるりと背を向けて、聖具室に向かった。

その戸口の向こうに行く前に、神父は言った。

「夜になったら、食事を運ばせます。質素な食事ですがね」

工藤は驚いた。亜希子も同様だった。正直なところ、工藤は、何も食べずに夜明かしするくらいの覚悟をしていた。

亜希子が言った。

「このご恩は忘れません」

神父は言った。

「お嬢さん。私も信仰という信念に生きているのですよ」

彼は聖具室の中に消えた。

工藤は、それで、聖具室の中に、居住区への出入口があるのだと気づいた。

亜希子が言った。

「問題は、ここを出てからね……」

「そうだな」

工藤はベンチに腰を下ろした。「今は、休もう。そして、幸運を神に祈るのもいい」


午後一時三十分。

通信指令室から流れた無線を、国仲も聞いていた。

「どうやら、追い詰めたようです」

ショートストップは無言で説明をうながした。

国仲は説明した。

「彼らは教会に逃げ込んだようです。今、警官隊がその教会を包囲するために、駆けつけているはずです」

「よし、私たちもそこへ行こう」

「黙っていても、工藤たちは捕まりますよ」

「忘れちゃいかん。私たちの目的は工藤じゃなく、ミス水木なのだ。それに、工藤がこのまま捕まるとは限らん」

「警官隊の包囲を突破するというんですか？」

「彼ならやるかもしれない。物事は万全を期さないとな……」

神父が顔色を変えて戻って来たのは、聖具室に消えてから一時間後だった。

「教会が警察に囲まれている」

彼は言った。

工藤はベンチから立ち上がり、出入口のドアを細く開けた。

教会の庭の向こうに、ジュラルミンの楯《たて》が並んでいるのが見えた。

制服を着た警官がたくさんいる。教会を遠巻きに包囲しているようだった。

教会の前の通りは、通行止めになっている。

一瞬、工藤は神父を疑った。

だが、神父の態度を見て、それは誤りだと気づいた。彼が通報したのではない。

神父は工藤たちの側に立っていることが肌でわかった。

亜希子は何も言わない。工藤の思考をさまたげるのを恐れているのだ。今は、工藤の知恵と機転だけが頼りだ。

工藤は言った。

「俺が捕まったら、CIAが現われて、有無を言わさずあんたを連れ去って行く。だから、俺は、ここで死んでも、あんたを逃がす」

「CIA……?」

神父が初めて驚きの表情を見せた。

工藤が言った。

「そうです、神父さん。たいへん面倒なことなんです。申し訳ないが、神父さんにも人質になってもらいます」

7章　敵中突破

1

ショートストップと国仲は、外苑西通りに車を停めて、徒歩で教会に近づかなければならなかった。

教会のそばに行くまでに何度も警察に行く手を阻《はば》まれ、そのたびに、アメリカ大使館の者で、この件に関するアメリカ側の責任を負っている、と説明しなければならなかった。

国仲が現場を仕切っている責任者を探し出した。

その刑事は、ショートストップを見て露骨に迷惑そうな顔をした。しかし、彼は、状況の説明はしてくれた。

「人質の女性を連れて立て籠《こ》もっている。どうやら、ここの神父も人質に取られたようだ。知ってるかもしれんが、犯人は銃を持っている。迂闊に手が出せん。わかったら、あんたたちは、そこでおとなしく見ていてくれ」

ショートストップは離れたところに国仲を呼んで、それを通訳してもらった。

「わかった」

ショートストップは、覚悟するように深呼吸した。「君とはここで別れよう。大使館で待っていてくれ」

「あなたは……?」

「ここからは私の出番だ。私は切り札なのだ」

彼は、いきなり走り出した。

国仲は唖然《あぜん》とした。ショートストップは突然、包囲網の中に飛び出していた。教会目指して走っている。

責任者の刑事はそれに気づいて叫んだ。

「ばかやろう! 誰かあの阿呆を止めろ!」

だが、誰も動けなかった。工藤が銃を持っているのを知っているのだ。

警察官たちは、ショートストップが撃たれると思った。国仲もそう思った。しかし、ショートストップは、教会の居住区にたどり着いていた。

工藤は、マガジンの中のすべての弾丸を抜き、あらためて詰め直していた。残り弾《だま》の数を確認するのが目的だった。

残り弾を覚えているかどうかが生死の分かれ目になることがある。

亜希子も同じことをした。彼女はエドから銃の扱いも学んでいた。

「人を殺すのを黙って見ているわけにはいかない」

神父が苦しげに言った。

工藤が答えた。

「私は、この銃を殺すためには使いません。生き延びるために使おうとしているのです」

そのとき、聖具室のほうで音がした。

工藤は、マガジンをグリップに叩《たた》き込むと遊底《スライド》を引き、ベレッタM92Fを聖具室に向けた。

ドアを開けて、ショートストップが顔を出した。

工藤と亜希子は目を丸くした。

「やあ、諸君」

ショートストップは言った。

工藤と亜希子が同時に叫んだ。

「エド！」

ふたりは、ショートストップのことをエドと呼んだ。

工藤は言った。

「どうしてここへ……」

「エド・ヴァヘニアンはどんなところへも助けに現われる。そうじゃなかったか？」

亜希子が言う。

「行方不明になったはずなのに……」

「敵の目をくらましていたのだ」

神父だけが、わけのわからない顔をしていた。

ショートストップ――エド・ヴァヘニアンは言った。

「話はあとだ。ここからどうやって逃げ出すか、だ」

彼は、工藤と亜希子が手にしているベレッタを見た。「弾は？」

「十二発」

工藤が答える。

「三発撃ったか。亜希子は？」

「十五発。フルロードよ」

「よし、亜希子の銃をくれ。君が持っているより私が持っていたほうが役に立つ」

亜希子は言うとおりにした。

エド・ヴァヘニアンは工藤に言った。

「敵に囲まれている。これはゲリラの撤退戦だ。どうやればいいかわかるな？」

工藤はうなずいた。

「退路を用意し、相手を引きつけながら逃げる」

「そう。撃っては引き、また撃っては引くんだ。私と君がそろっているんだ。こんな包囲を突破するのは簡単なことだ」

工藤はそれを確信した。彼は、言った。

「神父さんには、陽動攪乱《ようどうかくらん》をやってもらう」

突然、教会の扉が開いて、神父が飛び出して来た。

それを見た警官たちは驚いた。

「撃つな！」

責任者の刑事がハンドマイクで怒鳴った。

「あれは人質だ！」

神父は叫んでいた。

「たいへんだ！　彼らは人質を殺そうとしている。すぐに助けなければ！」

「何だって！」

刑事は神父を捕まえた。神父はすがるようにして訴えた。

「手遅れになる。今、彼らを抑《おさ》えなければ」

刑事は、この話の不合理さに、この瞬間気づかなかった。

「くそ！　突入だ」

包囲していた警官は、いっせいに聖堂の出入口と、居住区の出入口に殺到した。

聖堂の中から銃声がして、庭の土に着弾した。

警官たちは、いっせいに姿勢を低くした。

「楯を前列に並べて突っ込むぞ!」

刑事の言葉を合図に、警官隊は、聖堂へと突っ込んで行った。

だが、そこには、犯人の姿も人質の姿もない。

「裏口か! 居住区のほうだ」

刑事は無線で連絡を取った。しかし、工藤たちは居住区にも現われなかった。

向かいのビルの屋上に陣取っていた狙撃手が無線に割り込んできた。

「鐘楼《しょうろう》です。彼ら鐘楼から屋根へ……」

鐘楼は、聖堂のすぐ上にあった。三階くらいの高さだ。

工藤たちは、そこから二階建ての教会の屋根へ降りていた。

「狙撃はできるか?」

刑事が尋ねる。

「だめです。鐘楼が邪魔で……。角度が悪い。それに、やつは人質を連れています」

「くそっ!」

刑事は言った。「屋根だ。降りて来たところを押さえるぞ」

また銃声がした。警官隊がその銃声のした方向に走り出した。今や、警官も銃を抜いている。

しかし、銃声のしたほうには人影はなかった。

工藤たちは撃つとすぐに移動しているのだ。

何人かの警官が鐘楼に登った。しかし、彼らは、工藤たちの姿を発見できなかった。

教会に引きつけられ、ふたつの出入口に警官が集中したほんの短い間、警官隊は混乱した。

そして、銃声によって、一方に引きつけられた。

そのとき、手薄のところができた。ゲリラのプロふたりは、巧《たく》みにその場所へ移動しながら、すでに屋根から降りていた。

「消えただと?」

刑事は言った。「ばかな……」

だが、本当に、工藤たちは、そっと逃げ出していた。警官たちは、ゲリラのプロフェッショナルの相手はしたことはなかったのだ。

工藤とエド・ヴァヘニアンは、教会と隣接する幼稚園に目をつけていた。

幼稚園と教会の間は死角だった。銃を警戒して、まだその間までは警官は入って来ていなかった。

銃を撃ち、その幼稚園と反対側に警官隊を引きつけておいて、その死角に降りたのだ。そのまま、彼らは慎重に、しかもすみやかに道路の向かい側の有栖川宮記念公園に逃げ込んだ。誰の目も反対側の教会のほうに向いていた。

公園内に入ると、林の中を進み、できるだけ教会から離れた。木々の間は、工藤とエド・ヴァヘニアンのフィールドだ。彼らは、こうした地形を利用すれば、いくらでも身を隠すことができる。

加えて、今、ふたりは銃を持っていた。

彼らは公園内に潜んだ。何度か警官が見回りに来たがやりすごした。

工藤が言った。

「暗くなるまで待ったほうがいいな」

ヴァヘニアンがうなずく。

「そうしよう」

そして、亜希子を加えた三人は、公園内の樹木と同化するようにじっと時間が過ぎるのを待った。

すっかり日が暮れて、あたりは静かになった。

警官隊はとっくに教会から引き揚げていたし、道路の通行止めも解除されている。あたりは落ち着きを取り戻した。

「ようやく話をする気分になってきたよ」

工藤が言った。

「そう。再会を喜ぶ暇もなかった」

ヴァヘニアンが言う。

「おまえは、これで二度、俺を救出してくれた」

「私ひとりでは無理だったさ。君がいたからやれた」

「そろそろ、種明《たね》かしをしてくれ。どうして、あの教会に現われたんだ？」

ヴァヘニアンは、にやりと笑った。暗くてその表情ははっきり見えなかった。

「そうよ」

亜希子が言う。「まるでスーパーマン。不思議だわ」

彼らは、林の中に腰を下ろしていた。

ヴァヘニアンは、いきなり銃を抜いて工藤に向けた。

工藤が言った。

「何の真似だ」

銃を人に向けるのは、冗談にならない。殺すつもりがないとき以外、けっしてやってはいけない行為だ。

たとえ冗談でも、銃を向ける者がいたら、本気で反撃していい。ヴァヘニアンはそれをよく知っている人間だった。

「悪く思わんでくれ。これが任務なんだ」

長い沈黙。

工藤が言った。

「まさか、おまえが……」

「不思議はない。私は『グリーン・アーク』に雇われていた。そして、今回、私は、その縁でCIAに雇われたわけだ」

「どうして俺のところへ行けと彼女に言った？」

「本気でそう思っていたからさ。彼女を守れるのは君しかいない、と……。私がCIAの仕事に就《つ》いたのは、それを彼女に伝えたあとのことだ」

「俺と戦うのを覚悟でCIAの仕事を引き受けたのか？」

「戦わずに済ますつもりだ。まあ、仕方がなかった。『グリーン・アーク』とCIAにとっては、私は切り札だった」

戦わずに済ますという言葉の意味を工藤は理解していた。

エド・ヴァヘニアンが銃を向けている。これは万にひとつも逃げられないということを意味しているのだ。

「ここで俺を殺すのか?」

「場合によってはな……。例えば、君が妙な気を起こすとか……」

「エド……。信じていたのに……」

亜希子が言った。その声は怒りに震えていた。

「国家の思惑の前では、傭兵《ようへい》などというのはちっぽけな存在でね」

「あたしをどうするつもり?」

「まず、大使館に連れて行く。それから本国へ送る」

「大使館……」

暗闇の中で、一瞬、工藤と亜希子が顔を見合わせた。

「できれば、工藤は、私の手で殺したくはない。戦友なのだ。そのへんに放り出せば、じきに警察に捕まる」

「いいわ。あなたと大使館へ行くわ」

亜希子は言った。

「当然だ。それ以外に道はない」

「ただし、条件があるわ」

「君に条件をつける権利などないんだ、亜希子」

「条件と言って悪ければ、最後のお願いよ」

「いちおう聞いておこうか?」

「今夜は一晩、ここで過ごしたいわ」

「だめだ。今夜のうちに大使館へ連れて行く」

「本国に送られたら、あたしは殺されるかもしれないのよ。明日になれば、あなたは間違いなく、あたしを大使館に連れて行けるのよ」

エド・ヴァヘニアンは考えた。

アメリカからの客のことがちらりと頭をかすめた。明日になれば、その連中が彼女を助けに来るのではないか——。

しかし、それは不可能だと気づいた。

彼女は自分の居場所をその客に知らせる方法がない。そして、彼女はヴァヘニアンから逃げられない——。

考えた末に、ヴァヘニアンは言った。

「最後の望みとあれば……」

「もうひとつ。あたしがアメリカ送りになるまで工藤さんといっしょにいたいの」

「アメリカ大使館へ、彼も連れて行けということか?」

「そういうことになるかしら」

「好き勝手を言うもんじゃない」

「彼女の望みが叶《かな》えられないというのなら」

工藤が言った。「俺はここで、全力で抵抗を試みる」

「死ぬだけだ」

「わかっている。だが、おまえもおそらく無傷ではなく、騒ぎが起きて面倒なことになる」

ヴァヘニアンは肩をすぼめた。

「わかった。ふたりそろって、明朝、アメリカ大使館へ連れて行ってやる。さあ、そういうわけだ、工藤。銃をこっちに渡せ」

工藤は言うとおりにした。

もう、何もできることはない。明日、亜希子とふたりでアメリカ大使館へ連れて行かれるのは間違いのないところだった。


亜希子はこれで本当に誘拐されたことになる。ヴァヘニアンは、朝になると、慎重に公園の周囲を警戒した。

工藤と亜希子はヴァヘニアンのパトロールにつき合わされた。

様子を見ては少し進み、また様子を見ては進む。そのパトロールに時間を食った。

亜希子は、もう少し日本の風景を見たいと言っては、ヴァヘニアンが大使館へ行こうとするのを引き止めた。

ヴァヘニアンは、もう焦《あせ》らなかった。任務を半《なか》ば以上果たしたという余裕がある。

だが、十時を過ぎて、ついに彼も限界だと感じた。

ヴァヘニアンはタクシーを拾った。

工藤の顔を運転手に知られている危険と、三人で街中をうろうろする危険を比べた。その結果、工藤が運転手に気づかれる危険のほうが少ないと判断した。アメリカ大使館まではたいした距離ではない。

そして、タクシーは何事もなく大使館に着いた。

ついに、亜希子は大使館に連行された。

「やりましたね、ミスター・ショートストップ」

国仲が言った。

エド・ヴァヘニアンは、大使館内が妙に慌ただしいのに気づいた。

「どうかしたのか?」

「アメリカから、急に、お偉いさんが来ることになったらしくて……」

「お偉いさん?」

「『アメリカの良心』のメンバーだそうですよ」

「知ったことではないな……。さて、あのふたりは、私の部屋だな？」

「はい」

「では、ちょっとご機嫌をうかがってくるか……」


十一時十分過ぎだった。

亜希子は時計を何度も見ていた。そばに工藤がいる。

ドアをノックして、エド・ヴァへニアンが入って来た。

彼は言った。

「私は任務を果たせて、たいへん満足だ。さて、私の最後の仕事だ。亜希子、ディスクをもらおうか」

亜希子は口をきつく結んでいるだけだ。

「おとなしく渡してくれないと、君を裸にひん剝《む》くことになる」

そのとき、ドアの外から大きな声が聞こえた。

「その女性に、指一本触れてはならん」

エド・ヴァへニアンはさっと振り返った。

そこには、ひどく頑固そうな老人が立っていた。アレキサンダー・J・ウィリアム提督だった。

その後ろに、エイブラハム・コーエンとジェームズ・オリバーがいた。

『アメリカの良心』の中心メンバーだ。

工藤が茫然とその三人を見た。

ヴァヘニアンが言った。

「ウィリアム提督ですね。しかし、私にはそうする権限があるのです」

「その権限はついさっき失効した。私たちがそうした。そのお嬢さんとは、十一時にここで待ち合わせをしていた」

彼は亜希子に言った。「約束の時間に遅れてすまなかったね」

亜希子は、この素敵な老人に、飛びかかるようにして抱きついた。

「客と落ち合う場所と時間」

工藤がヴァヘニアンに言った。「知らなかったおまえの負けだ」

3

工藤は『ミスティー』でウイスキーを飲んでいた。

広尾の教会の神父に敬意を表し、アイルランドのブッシュミルズを味わった。

カウンターの中には黒崎がいる。何事もなかったかのように、布でグラスをぬぐっている。

「派手に暴れたが、お咎《とが》めなしだ」

工藤は言った。「政治的な取引きがあったらしい。あのじいさんなら、それくらいのことは平気でやりそうだ」

「あのじいさん？」

黒崎が訊いた。

「アレキサンダー・J・ウィリアム。退役軍人だ」

「しかし、やっぱり、あんたは疫病神《やくびょうがみ》だ」

「いいじゃないか。お互い、無罪放免になったんだ」

「ちっとも良かねえ……」

ドアが開いた。

「今晩は……」

亜希子だった。

工藤は驚いた顔をした。

「金の支払いについては、大使館にいるときに聞いた。あそこでお別れだと思っていたんだがな……」

「お礼が言いたくて……」

「仕事だ。礼などいい。あんたはアメリカへ帰ったと思っていたがな……」

「あら、あたしの故郷は日本よ。アメリカへ行く用はないわ。もう『グリーン・アーク』の職員じゃないもの」

「そうだったな……」

彼女はスーツケースをどんと床に置いた。

赤坂のホテルから警察が押収していたのだが、彼女の手もとに戻って来たのだった。

「まだ、そのスーツケースを持ち歩いているのか?」

「落ち着く場所が決まらないの」

「早く見つけたほうがいい」

「ね、助手、募集してない?」

「助手?」

「あたし、失業しちゃったんだもの」

「助手などいらない」

「じゃ、黒崎さん。このお店で雇ってくれない? よく働くわよ」

ついに、ふたりの男は笑い出した。

工藤は言った。

「まあ、飲め」

彼は、グラスをもらい、亜希子の前に置くと、ブッシュミルズを注《つ》いだ。

本書は一九九三年七月祥伝社より刊行された「逃げ切る」を底本とし改題しました。
二〇〇八年八月に改訂の上、新装版として刊行。

Haruki Bunko
ハルキ文庫
こ 3-22

ナイトランナー ボディーガード工藤兵悟《くどうひょうご》❶ （新装版）

著者 今野《こんの》 敏《びん》

1999年2月18日第一刷発行
2008年8月18日新装版 第一刷発行
2022年4月8日新装版 第十三刷発行

発行者 角川春樹

発行所 株式会社角川春樹事務所
〒102-0074 東京都千代田区九段南2-1-30 イタリア文化会館

電話 03(3263)5247(編集)
03(3263)5881(営業)

印刷・製本 中央精版印刷株式会社

フォーマット・デザイン 芦澤泰偉
表紙イラストレーション 門坂 流

ISBN978-4-7584-3359-4 C0193 ©2008 Bin Konno Printed in Japan
http://www.kadokawaharuki.co.jp/[営業]
fanmail@kadokawaharuki.co.jp[編集] ご意見・ご感想をお寄せください。

今野敏の本

ハルキ文庫

ノンシリーズ

ハルキ文庫

熱波

米軍基地の撤去が計画される沖縄で蠢く謎のマフィアたち。若き官僚が見た危機とは？

時空《とき》の巫女【新装版】

同じ名を持つ二人の「チアキ」。
世界の未来を背負った女性たちの運命が交錯する。

波濤の牙

海上保安庁特殊救難隊【新装版】

台風の中、救難に向かった巡視艇が消えた。特殊救難隊を待ち受ける恐るべき事件とは⁉

レッド【新装版】

山奥の沼「蛇姫沼」に隠された秘密。
元刑事と陸上自衛官が国家を揺るがす陰謀に挑む。

マティーニに懺悔を【新装版】

表の顔は茶道の師匠、裏の顔は武道の達人。魅力的なキャラクターたちが集う傑作短篇集。

秘拳水滸伝シリーズ

ハルキ文庫◆全4巻

惨殺された父の跡を継ぎ、「不動流」四代目宗家になった長尾久遠の元に様々な刺客が現れる。飛鳥、ジャクソン、白燕とともに、世界制覇を企む「三六会」の野望を打ち砕けるか。

秘拳水滸伝①

如来降臨篇【新装版】

秘拳水滸伝②

明王招喚篇【新装版】

秘拳水滸伝③

第三明王編【新装版】

秘拳水滸伝④

弥勒救済篇【新装版】